머저리 연가

— 여대생 작가 이서하의 이웃 이야기

머저리 연가

— 여대생 작가 이서하의 이웃 이야기

이서하 지음

산림허

　"나보다 샘나게 나은 사람도 없고, 나보다 표나게 못난 사람도 없는 것이여."

　억양까지 그대로 따라서 할 수 있을 정도로 자주 들었던 우리 엄마 말씀이다. 말하자면 이것이, 엄마의 철학이다.

　힘이 쫙 빠지게 서글퍼지는 일도 많이 있지만, 그런 때에도 빛을 보여 주는 것은 늘 사람이었다. 떠들고 다니지 않아도 종이에 물 스며들듯이 배어 나오는 그들의 철학이 그리고 그 실천이, 곧 희망이었다.

　찾아 보면 너무 많은 희망들, 그것을 안 잊어 버리려고 끄적여 두었던 것이 이렇게 세상에까지 소개될 줄은 몰랐다. 내게 거름을 부어 주었던 사람들을 이렇게 정식으로(?) 소개하게 되어서 기쁘다.

　졸업이 코앞이다. 도서관 논문실에서 며칠 궁싯거린 끝에 아주 간신히 졸업논문을 썼다.

　이것이 내게 4년 동안 지식을 가르쳐 온 우리 교수님들께 제출하는 졸업논문이라면 역시 똑같이, 아니 그보다 훨씬 더 많이 내게 인간의 길을 가르쳐 온 엄마, 아빠, 언니, 후배 또, 또 그 외의 모든 이웃들에게도 무언가 바쳐야 할 졸업숙제가 있다고 생각했다. 이 『머저리 연가』에 대해 내가 갖는 개인적인 의미는 바로 그런 것이다.

　이 책에 있는 것들은 철모르고 들떴던 스무 살 신입생 시절부터, 사회진출을 앞두고 있는 요 근래까지 틈틈이 써 두었던 몇 편의 기록들이다. 특별히 '글'을 쓴다는 생각도 없이, 감정이 짙을 때는 중얼거려대면서, 마음 잔잔할 때는 웃음 머금고서 썼던 것들이다. 소설도 아니고, 수필이라는 말도 좀 그렇고, 그저 '있었던 이야기들'이다. '생활글'이라는 말이 제일 맞을 것 같다.

　'작품'이라는 말을 써도 좋다면, 졸작이다. 졸작

임을 인정하면서도 이렇게 책을 엮는 것은, 내게 무척 소중했던 경험이 다른 이들한테도 작으나마 안겨줄 것이 있지 않을까 하는 기대 때문이다. 그리고 할 이야기가 있으면 말하지 않고는 못 배기면서도 선뜻 글로 쓰지는 못하는 사람들에게 용기를 줄 수 있을 것 같아서다.

감사드려야 할 분이 너무나 많다. 내 기대를 인정하고 출판을 서둘러 주신 도서출판 살림터 식구들께 감사드리고, 늘 용기를 주면서 지켜봐 주신 형수 형, 바쁜 시간 쪼개서 좋은 그림 그려 주신 명수 형께도 진심으로 감사의 말씀을 올린다. 몇 주간 서울살이를 위해 너무 편안한 잠자리를 내어 준 수원의 오라버니 내외, 그리고 소중한 친구 윤진이의 도움도 컸다.

그 밖에 일일이 이름을 적을 수 없을 만큼 많은 고마운 친구들에게는 말보다 술을 한잔 사는 게 낫겠다 싶다.

머리말 · 5

한 마당. 알고 보면 모두가 구면

- 첫사랑 · 13
- 알고 보면 모두가 구면 · 18
- 골똘써 하나 · 26
- 우리 집 유권자들 · 29
- 1993년 1월, 새해 · 34
- 유진이 형의 그 꿈 · 38
- '착한' 사람 · 43
- 광주은행 그 아가씨 · 47
- 화장지 네 장 · 53
- 꼽추의 애국 · 57
- 용면이 아재 · 61
- 또치 생각 · 64

두 마당. 머저리 연가

- 머저리 연가 · 73
- 마른 들국화 한 송이 · 81
- 찌르릉 찌르릉, 8시 15분 · 84
- 우리식 · 90
- 겨울, 복숭아밭에서 배우다 · 97
- 모양이 다른 찻잔 두 개 · 103
- 아량에 대하여 · 106
- 이상할 것 없는 일 · 112
- 기성복 같은 멋, 맞춤옷 같은 멋 · 116

차 례

●내가 없었어 봐 · 119

세 마당. 날씨 따뜻하니까 식민지 아닌 것 같죠

●거식아, 거시기, 거시기에 있냐 · 127

●작명 · 129

●날씨 따뜻하니까 식민지 아닌 것 같죠 · 132

●데모! 데모! · 134

●유리를 보호합시다 · 137

●민강이에게 · 141

●서글픈 일 하나 · 146

●날보고 은퇴를 하라고? · 150

●원망의 철창으로 다시 돌아간대도 · 154

●불심검문 시대의 비가 · 158

●민족 전대 잘 있소? · 165

네 마당. 이 여자가 사람답게 살 수 있는 방법

●이 여자가 사람답게 살 수 있는 방법 · 173

●쉰일곱의 꽃밭 · 179

●욕쟁이를 위한 변명 · 183

●감사합니다, 주님 · 188

●작은 일에만 분개하는 사람들 · 192

●잠자리가 편하십니까 · 197

●이 아이를 어떻게 키워야 하나요 · 202

●가난뱅이의 과소비 · 208

●해설 · 211

한 마당. 알고 보면 모두가 구면

첫사랑

알고 보면 모두가 구면

골똘씨 하나

우리 집 유권자들

1993년 1월, 새해

유진이 형의 그 꿈

'착한' 사람

광주은행 그 아가씨

화장지 네 장

꼽추의 애국

용면이 아재

또치 생각

첫사랑

뭐 그리 바쁜 일이 있다고 머리 손질을 안 하고 다녔더니, 어느 새 치렁하게 자란 앞머리가 자꾸 눈가를 쑤셔댔다.

"머리가 너무 빨리 자라요."

동네 머리방에 앉아 투덜대듯 그렇게 말했더니,

"한 한 달 동안 손 안 보게 잘라 주까?"

하고 농담처럼 말하시던 아줌마가 정말 그럴 작정이었는지 앞머리를 아주 싹뚝 잘라 버렸다. 좁고 못 생긴 이마가 반 이상 드러나 보이는 것이 신경쓰여 자꾸 앞머리를 잡아 내리는 버릇이 생겼다. 그런데 문제는 못생긴 이마가 아니었다.

"어? 너 눈가에 흉터 있었구나?"

오래 전부터 있었지만 늘 내리고 다닌 앞머리에 가려서 보이지 않았고, 나 또한 잊고 살았던 눈 밑의 흉터가 사람들 눈에 띌 만치 드러난 것이다.

내 오른편 눈꼬리 쪽에는 눈썹하고 눈의 한가운데에 꿰맨 자국도 확실한 흉터가 하나 있다. 여자건 남자건 얼굴에다가 흠집을 달고 다니는 것이 그닥 자랑할 일은 아니지만, 나는 이 흉터가 밉지 않다. '계집애 얼굴의 흉터'를 걱정하신 엄마가 언제부턴가 머리카락으로 가리도록 해주셔서 여태 안 내놓았을 뿐이지 굳이 감추고 싶지도 않다. 어쩌다 식구들이 수술을 해야 된다고 주장해도 나는 그럴 생각이 별로 없다. 내게는 아주 소중한 추억을 가져다 준 흔적이기 때문이다.

내가 살던 시골 마을 앞에는 중학교하고 고등학교가 나란히 있었다. 내가 다니던 국민학교는 꼬마걸음으로 30분을 바지런히 걸어야 닿을 시장터 앞에 있었고. 국민학교 1학년 가을이었다. 그 당시 나는 나하고 다섯 살 터울인, 그러니까 6학년짜리 셋째 언니하고 날마다 등교길을 같이했다. 집을을 별로 벗어나지 않고 자란 막내딸을 염려하신 엄마는 언니하고 꼭 같이 다닐 것을 당부하시곤 했다.

그날도 나는 하얗고 까만 꽃무늬 수가 놓여진 빨간 스웨터 위로 남색 멜빵바지를 야무지게 차려 입고 언니 손을 꼬옥 잡고 집을 나섰다. 미술시간 준비물인 도화지를 살 20원을 소중히 쥐고서……. 등교길에는 가게가 셋 있었는데, 둘은 찻길 바로 옆에 있었고 나머지 하나는 골목 안에 있었다.

"언니야, 도화지 사 올께 기다려어?"

등에 맨 빨간 가방을 흔들거리며 내가 뛰어간 곳은 골목 안에 있는 가게였다. 다른 가게들은 10원에 도화지를 두 장 주는데 그 집에서는 세 장을 주기 때문이었다. 그런데 그날따라 두 장밖에 주지 않는 주인 아지씨에게 아무 말도 못하고 시무룩히 골목을 나서는데 언니가 보이지 않았다. 깜짝 놀라 두리번거렸더니 언니는 저만치 앞에 친구랑 재잘거리며 가고 있었다. 언니랑 나란히 가지 않으면 무슨 일이라도 나는 줄 알았던 나는, 나를 내버려두고 가는 언니가 얄밉기도 해서 목청이 나는 대로 소리를 질러대며 뛰기 시작했다.

"언니야아!"

그런데 정말 무슨 일이 나고 말았다. 갑자기 눈앞이 캄캄해지며 내가 쓰러진 것이다. 지금도 생생하다. 놀래서 달려왔을 언니의 등에 업혀 피범벅이 된 얼굴로 학교에 가겠다고 떼를 쓰던 기억, 그런 나를 업고 눈물을 철철 흘리면서

"병원에 가야 돼, 가시나야……."

엉덩이를 찰싹찰싹 때려대던 언니…….

내가 마취에서 깨어났을 때, 내 곁에는 엄마, 아빠가 걱정스러운 얼굴로 앉아 계셨다. 눈앞은 아직 흐릿했다. 노크 소리가 나고, 문이 열렸다. 하얀 얼굴, 정말 흰 빛깔 코스모스처럼 하얀 얼굴이 나타났다. 나중에 생각했지만 아마 까만색 교복차림 때문에 더 그렇게 보였을 것이다. 그는 모자를 말아쥐고 엄마, 아빠 앞에 어쩔 줄을 몰라하며 서 있었다. 엄마, 아빠가 괜찮다고 다독거리자 근심스레 나를 내려다보았다. 눈을 말똥말똥 뜨려고 할수록 하얗게 부서지는 빛만 보였다.

다음날부터 등교길에 매일 그를 만났다. 내 얼굴에 그의 자전거 핸들이 부딪혔던 꼭 그 자리에서 그는 활짝 웃으며 자전거에서 내렸다. 그는 여전히 유별나게 하얀 얼굴이었고, 교복 칼라에는 로마자 2자가 반짝였다. 그는 종종 콩알처럼 단단한 캔디나 껌을 사 주었고, 소풍 가던 날 아침에는 삶은 계란도 두어 알 가방에 넣어 주었다. 나를 병원에 데리고 다니던 언니가 꼭 튀김집 앞에 멈춰서서, 주사맞을 때 울지 않으면 엄마가 튀김을 사 주라고 했다고 미끼를 던지곤 했지만, 나는 잘 참다가도 종종 울어 버렸다. 그런 날은 그가 튀김도 사 주었다.

하지만 내가 그런 맛있는 것들보다 더 잊을 수 없는 건 나를 쳐다보던 그의 슬픈 눈빛이었다. 실밥을 빼내고 붕대를 뜯고 난 뒤부터는 그 눈빛이 더 슬퍼졌다. 아주 꼬마였던 나도 느낄 만치 여자아이 얼굴에 흠집을 남긴 것을 그는 그렇게도 죄스러워했으며, 어느 날부터는

"이담에 돈 벌면 제일 먼저 니 흉터부터 없애 준다."
라고 자주 중얼거렸다. 그때마다 나는 그가 사 준 맛있는 것들을 잘근거리며 그 하얀 얼굴을 말똥말똥 쳐다보기만 했다. 그렇게 그의 흰 얼굴을 올려다보는 것이 무척 좋았다.

언제부턴가 그가 보이지 않았다. 아마 2학년 늦봄이었을 거다. 함께 다니던 언니도 중학교로 가버리고, 어쩌다 길에서 친구라도 만나지 않으면 혼자였던 등교길에 종종 자전거를 돌려 학교까지 태워다 주기도 하던 유일한 말벗이었는데, 꼭 그 자리에서 한참을 기다려도 오지 않는 날이 계속되었다. 처음 한동안은 몹시 궁금하고 쓸쓸해지기까지 했지만 이내 나는 그를 잊어버리고 말았다. 그때까지 나는 그의 이름도 몰랐다.

그의 소식을 들은 건 중학교 2학년때, 그러니까 6년 뒤인가, 바로 우리 집 마루에서였다. 모처럼 온 가족이 둘러앉아 옥수수를 먹고 있는데 엄마가 갑자기 흉터 얘기를 꺼내셨다.

"일찍 수술을 해부러야 된다는디……."
"나 진 사람 있잖아, 그 아저씨가 돈벌믄 수술해 준다고 했는디…… 지금 뭣허고 사는가 모르겠네?"
"어? 너 모르냐? 여태 몰랐어?"
나랑 열 살 차이나 나는 둘째 언니 말이었다. 언젠가 그가 언니를 안다고 했던 기억이 났다. 같은 학년이라던가?

"바보야, 걔 죽었어. 언제 일인데……."

순간 나는 피식 웃었다. '죽었다'라는 말이 실감이 안 났다.

"나 졸업할 때던가? 백혈병이라고, 그때 한참 떠들썩했을걸?"

갑자기 정신이 아득해졌다. 그때는 한참 '러브 스토리'니 '마지막 콘서트'니 하는 영화를 TV로 보고 징징대던 시절이어서 백혈병이라는 것이 더 충격이었다.

그날로부터 밥도 제대로 못 먹고, 잠도 잘 수가 없었던 한 일 주일 뒤에는 나는 다시 그를 잊어 갔다. 하지만, 그때는 아주 잊어버린 것은 아니었다. 사춘기여서 그랬을 수도 있겠지만, 어쩐지 마치 깊이깊이 사랑이라도 했던 사람인 것처럼 오래오래 기억해야 할 것 같았으니까. 그리고 바로 그때 내 이 흉터를 결단코 일부러 없애지는 않을 거라고 결심도 했었으니까.

아직도 그 결심에는 변함이 없다. 대신에 눈 밑에 그게 웬 거냐고 물어 오는 사람들에게 아주아주 자세히 이 이야기를 들려줄 생각이다. 그때마다 한 번 실수로 꼬마의 얼굴에 흉터를 남긴 것을 오래오래 가슴 아파하던 그 아름다운 마음을 귀하디귀한 보물처럼 전할 수 있으니까……

알고 보면 모두가 구면

언젠가 교과서류의 책에서 사회계층을 분류하는 제 설들 중, 흥미로운 것을 본 적이 있다. '제3집단'이라는 것인데, 가령 같은 버스의 승객들, 운동경기장의 관중들, 거리를 지나치며 부딪는 사람들을 말한다. 그들은 '만났다'는 것을 인식하지도 않고, 두 번 만날 필요도 없으며, 다시 만난다고 해도 아무런 관심이 없는 사람들이지만, 그들도 같은 공간에 있는 순간에는 '집단'이라는 것이다.

외국 영화에서는 가끔 옆자리 승객과 인사를 나누고 사소한 이야기를 주고 받다가 인연을 맺는 장면을 볼 수 있다. 그럴 때면 우리한테는 흔하지 않은 그 '풍토'가 좋아 보여서, 내가 제일 듣기 싫어하는 말 중의 하나임에도 불구하고, '재들은 저렇게 자연스러운데, 어째 우리 나라 사람들은……' 하는 생각이 들기도 한다. 내가 워낙에 누구를 만나면 무슨 소리든 쫑고 까불기를 좋아해서 그런지는 모르지만, 실제로 그러한 불만을 가질 만했던 적이 적지는 않다.

장거리 여행을 하게 될 때가 대표적인 경우다. 그 긴 시간 동안 어깨를 나란히 한 두 사람이 서로 철저히 무시해 가면서 제 할 일을 하는 것은 그다지 유쾌한 일은 아니다. 그 부자연스러움을 이기

려면 책이나 신문에 코를 박아 버리든가 아예 잠을 자버리는 것이 상수다. 차 안에서는 잠을 잘 못 자는 편인 나는 재미나는 책을 한 권쯤 골라 끼고 타는 것이 습관처럼 되었다. 하지만 역시 좋은 건 모르는 사람이라도 몇 시간의 동행이 된 옆사람과 '사는 얘기'를 나누는 것이다. 그래서 나는 고속버스를 탈 때마다, 아니꼬운 자식 자랑 따위를 내내 듣게 되더라도 숫기 많고 입심 좋은 시골 아주머니가 곁에 앉기를 은근히 바란다.

또 자주 겪는 일은 아니지만, 나란히 앉아서 병원 진찰 차례나 면접시험 순서 등등을 기다릴 때도 그렇다. 비슷한 처지에 있는 사람들일 것임에 틀림이 없는데도 서로 전혀 상관없는 사람들처럼 시치미를 뚝 떼고 있기가 일쑤다. 어떤 경우에는 단지 무관심한 척하는 정도가 아니라, 혹시 자기한테 말이라도 걸기만 하면 사정없이 무안을 줘버리겠다는 듯한 표정도 종종 만난다. 그럴 때면 나처럼 기죽기 잘하는 사람들은 괜히 눈치를 보고 안절부절해 하기도 한다. 얼마나 불편한 노릇인가.

그래서 나는 모르는 사람들 틈에 있어야만 하는 경우에 앞서서 꼭 마음속으로 바래 보곤 한다. 어색한 것을 무지무지 싫어해서 말이 되든 안되든 종알거려 주는 사람들, 한 번 보고 말 사람이라는 생각보다는 한 번을 만나더라도 성실한 것이 좋은 거라고 생각할 줄 아는 사람들, 그런 사람이 꼭 한 사람쯤 같이 있어 주기를……. 그런 사람을 만나면 내가 무척 자유스러워지면서, 다른 좋은 일이 없어도 살맛이 날 것 같다. 사실은 그런 살맛나는 경험이 아주 없는 것도 아니다. 그 이야기를 해보자.

노원역 기사 아저씨 사건

택시를 타는 일은 쉬운 일이 아니다. 물론 주머니 사정 안 봐주고 톡톡 올라채는 요금도 걱정이지만, 동행이 셋쯤 된다든지, 부피 큰 짐을 들었다든지, 아니면 골목을 좀 들어가야 한다든지 할 때는 아예 엄두가 안 난다. 그런 경우 십중팔구는 부딪혀야 하는 기사 아저씨의 냉랭한 눈빛이나 잔소리에 속상하느니, 좀 힘들더라도 버스를 타버리는 게 낫겠다 싶어진다.

그래서 택시를 자주 이용하는 편은 아니지만, 어쩌다 피처 못할 일로 타야만 했을 때, 나 같은 경우에는 마땅히 그래야만 하는 것처럼 괜시리 눈치를 보게 된다. 그럴 때 아저씨가 '날씨가 참 좋지요?' 등등의 말이라도 건네 오면 요금 올라가는 소리에 조마조마한 마음으로도 즐겁게 갈 수가 있지만, 누구한테랄 것도 없이 잔뜩 짜증을 내는 아저씨를 만나면 내내 기가 죽는 것이다.

그렇게 기죽은 승객이 되는 순간이면 생각나는 '사건'이 하나 있다. '사건'의 시작은 서울에 사는 친구가 들려 준 한 택시기사 아저씨와의 기분 좋은 인연에 대한 이야기를 들은 것부터이다. 그 친구 또한 택시를 자주 타는 형편은 못 되고 가끔 늦은 귀가길에 이용하는데, 한 번은 그런 일이 있었단다.

그 친구의 집엘 가려면 노원역에서 내려서 버스를 갈아타야 하기 때문에 친구가 택시를 타는 곳은 주로 노원역 앞이었다. 그때도 늦은 시간 역 앞에서 택시를 탔는데, 중년의 기사 아저씨가 조심스럽게 친구를 타일렀다. 처녀애가 이렇게 늦게 다녀서 쓰겠느냐고. 거기서 시작해서 집까지 가는 동안 이런 얘기 저런 얘기를 나눌

한 마당. 알고 보면 모두가 구면

수 있었다. 얼마 후에 같은 장소에서 또 택시를 탔는데, 아저씨가
부모님 걱정하시는데 일찍 다녀야 되지 않겠느냐고 하셨다. 혹시
하는 생각에 자세히 봤더니 그때 그 아저씨였고, 아저씨 또한 그때
의 그 상냥한 아가씨 승객을 알아보았다.

그 이야기를 들은 지 한참 후에 나는 서울에 볼일이 있어 그 친
구의 집에 며칠 있게 되었다. 어느 날, 따로 볼일을 보고 밖에서
만나서 같이 들어가기로 했는데, 노닥거리다 보니 시간이 퍽 늦어
버렸다. 지하철역에서 나왔을 때는 이미 버스가 끊긴 시간이었고,
별 수 없이 주머니를 털어 택시를 타야 했다. 버스가 끊긴 시간 택
시를 잡기란 쉬운 일이 아닌데다가, 합승시키기를 좋아하는 기사
아저씨들은 두 사람 태우기를 꺼려하셔서 잔뜩 애를 먹고 있었다.
발을 동동 구르며 이리 뛰고 저리 뛰고 진땀을 흘리고 있는데, 뒤
에서 누군가 경적을 울려댔다. 비켜 달란 소린 줄 알고 인상을 잔
뜩 구기며 물러서는데,

"어이, 시영 7단지!"

하는 소리가 들렸다. 유심히 보니 경적을 울렸던 택시 유리창으로
웬 아저씨가 얼굴을 내밀고 웃고 있었다. 순간 친구의 얼굴이 활짝
펴졌다.

"어머, 아저씨이!"

친구는 마치 친삼촌쯤이라도 만난 듯 반가와서 팔팔 뛰었고, 아
저씨는 엄한 목소리로 친구를 꾸짖었다.

"자네, 아직도 이렇게 늦게 다니나?"

우리는 그날 비록 꾸중은 들었지만, 아주 자가용이라도 탄 기분
으로 유쾌하게 집에 돌아올 수 있었다. 집까지 걸어갈 뻔한 위기를
모면해서만은 아니었다.

목욕탕 사건

요사이에 대중목욕탕엘 갈 때면 전에 없던 근심을 하나 안고 가야 한다. 예전에는 모르는 사람끼리 서로 등을 밀어 주는 것이 아주 자연스러운 일이었는데, 언제부턴가 그게 몹시 눈치 보이는 일이 된 것이다. 직업적으로 때를 밀어 주는 아줌마에게 돈을 주고 맡기는 일이 많아지고, 가족이 아니라도 어지간만 친하면 같이 목욕을 다니는 것이 부끄럽지 않게 되어서 그런 모양이다.

어쩌다가 운좋게도 먼저 청해 오는 사람이 있으면 몰라도, 그렇지 않으면 인상이 좋아 보이는 사람을 찾아 한참을 두리번거려야 한다. 간신히 좋은 인상을 찾아 내더라도 '벌써 했는데요', '같이 밀 사람 있어요'라고 퇴짜를 맞게 되면 겸연쩍어져서, 다시 부탁할 누구를 찾을 자신이 없어지고 만다.

지난 일요일의 일이다.

그날도 나는 손이 닿는 곳을 다 해결하고 나서 등을 밀 일에 난감해 하며 누가 나 같은 처지인가를 곁눈질하고 있었다. 아이구, 이놈의 등때기는 왜 하필 요기에 가 붙어 있어서 속을 썩이누. 말노 안되는 불평도 해 가면서.

아, 그러고 있는 나에게 구세주가 나타났다.

"저, 아가씨, 등 밀었어요?"

내가 왜 이 얼굴을 못 알아봤을까 싶게 선해 보이는 아줌마였다. 우리는 눈으로 좋다는 표시를 주고받고 바로 작업(?)에 들어갔다. 오늘은 참 운이 좋다고 생각하며 내 등을 먼저 밀고, 내가 밀어드릴 차례가 되었을 때, 아줌마는 등을 내게 내밀면서 어째선지 망설이는 표정이었다.

"저기, 때가 많이 나오죠?"

"예? 예에…… 아, 아니요."

"때아니게 생리를 하는 바람에 지난 주를 건너 뛰었더니…… 평일에는 못 오고…… 직장에 나가거든요."

아줌마의 등에 비누칠을 하고 있던 나는 나도 모르게 푸욱 하고 웃었다. 별걸 다 말씀하시네. 한 번 보고 말 사람인데…….

목욕탕을 나서는 길에 나는 익숙한 얼굴과 나란히 나오게 되었는데, 아까 그 아줌마였다. 모른 척 걷다가 골목에서 헤어질 때 누가 먼저랄 것도 없이 눈인사를 나누었는데, 생각해 보니 왜 그렇게 기분이 좋던지.

알고 보면 모두가 구면

사람들이 좀 그렇게 살았으면 좋겠다. 서로 눈치 보지 말고, 이것저것 따지지 말고, 한 번을 보든 두 번을 보든 먼저 말을 건네고, 먼저 아는 체하고. 사실 알고 보면 얼마나 많은 사람들이 우리가 모르는 사이에 '아는 사이'가 되고 있는가. 아는 사이라면 화를 내지 않아도 될 일인데 모르는 사람이라고 화를 내게 되는 경우는 굉장히 많다. 또 아는 사이라면 부끄러울 텐데, 모르는 사이기 때문에 철판을 깔아 버리는 경우도 얼마든지 많다. 그것을 일일이 따져가다 보면, 우리가 서로 아는 체하고 사는 것이 얼마나 좋은 일을 하는 것인지 인정할 수 있을 것이다.

얼마 전에 교원임용고시 준비를 하느라 난생 처음으로 한 20 일간 시립 도서관에 다녔었는데, 우연인지 내 또래의 수수한 여학생과 매일 나란히 앉아서 공부를 하게 되었다. 둘째날인가, 무심코 그녀의 책을 건너다 보니 나와 같은 책을 보고 있었다. 본의는 아니지만 며칠을 종일 같이 보내면서 그 여학생이 나와 같은 시험을 준비하고 있다는 것을 짐작하게 되었다. 그것을 확신하는 순간, 나는 어떻게든 그녀와 이야기를 나누고 싶었다. 이 낯설은 공간 안에서 목적이 같은 사람이 옆에 있다는 것만으로도 공연히 위안이 되고, 경쟁의식보다는 동류감이 느껴졌으니까.

내가 보는 책들을 일부러 옆에 쌓아 두기도 하고, 그 여학생도 가끔 그것들을 힐끔거리는 눈치였으니까 모르지는 않았을 것이다. 그런데도 우리는 시험을 보기 전날까지 단 한마디도, 하다못해 눈인사도 나눈 적이 없었다. 도시락이라도 한번 싸가지고 가서 건네 줘 볼까, 우유라도 한 잔 뽑아다 줘 볼까, 볼펜이라도 한번 내 쪽으로 떨어질 것이지 하는 생각만 줄기차게 했다. 결국 나는 20일 동안 눈치만 보다 말았고, 그녀는 그런 나한테 관심이 없는 것 같았다.

사람들이 북적대는 시험장에서도 나는 그녀를 발견했다. 시험 잘 보세요라는 한마디를 꼭 하고 싶었지만 망설이다가 말았다. 혹시 그녀가 내게 요만큼이라도 관심을 보였다면 용기를 낼 수 있었을 것이라고, 공연히 그녀 탓만 하면서……

지금도 나는 그 여학생이 시험을 잘 치렀는지 궁금하다. 우리가 둘 다 합격을 해서 교단에서 만나기 전에는 그것을 확인할 길이 없을 것이다. 그런 날이나 되면 나는 그녀에게 말할 수 있을까.

"어머, 우리 구면이지요."

골똘씨 하나

　스포츠 신문을 비롯하여 기타 신문을 열심히 보고 있는 사람 여섯, 쉴 새 없이 조잘대고 있는 사람 네 쌍, 자는지 조는지 꾸벅거리고 있는 사람 둘, 목하 독서중 셋, 별 생각 없이 앞사람, 옆사람 훑어 보는 사람도 나까지 포함해서 셋, 그리고 반듯이 앉아 무언가 골똘히 생각하는 사람 하나……

　웬일로 너무 한산한, 동대문 운동장에서 상계 쪽으로 가는 4호선 지하철 안 풍경이다. 나는 지금 그 풍경을 스케치하고 있는 풍경화가쯤 되고.

　그때, 석간 나왔다고 외치고 지나가는 소년이 하나, 하지만 그는 어디를 향해서 가는 사람이 아니라 직무를 수행하고 있는 중이고, 이내 다른 칸으로 옮겨 갈 것이기 때문에 스케치에 등장하지 않는다. 지금, 신문팔이 소년이 옮겨 가고 있는 옆 칸의 풍경도 이 그림과 비슷하다.

　지금 내가 그리고 있는 풍경에 제목을 붙이자면 이런 것이다.

　'골똘씨 하나'

　이 제목에 걸맞게 내 그림의 촛점은 '반듯이 앉아 무언가 골똘히 생각하고 있는 사람'에 맞추어져 있다.

수염이 듬성듬성 나 있긴 하지만 단정한 얼굴에, 옷차림도 초라하긴 하지만 깔끔하다. 30대 초반이나 중반? 어쩐지 인상이 실업자 아니면 예술가 같다. 외모로 보아서는 그림의 주인공이 될 만큼 특이하지 않다. 오히려 평범하다. 그런데도 내 연필 끝이 자꾸 그에게로 가는 이유는 그의 눈빛 때문이다. 나는 어딜 가나 그저 열심히 두리번대길 좋아하는데, 요사이에는 지하철이나 버스 안에서 그처럼 '골똘히' 생각하는 눈빛을 발견하는 경우는 몹시 드물다.

그는 지금 아무것도 하고 있지 않다. 그런데 무언가 열심히 하고 있다. 그가 열중하고 있는 것은 생각이다. 무얼 열심히 만들고 있는 손을 생각나게 하는 그의 또렷한 눈빛과 가끔 실룩거리는 입술이 그것을 의심치 않게 한다. 그가 무슨 생각을 하고 있는지는 알 길이 없다. 다만 확실한 것은 무언가 진지한 문제를 골똘히 생각하고 있다는 것이다. 그래서 나는 즉흥적으로 그의 이름을 '골똘씨'라고 부르기로 했다.

골똘씨에게서는 더 이상 관찰할 만한 움직임이나 변화가 없다. 다만 계속해서 무언가 생각하고 있을 뿐이다. 그런데도 나는 눈을 떼지 않고 그를 주시하고 있고, 끊임없이 마음의 연필을 놀려 정밀묘사를 하고 있다. 그리고 미완성인 내 그림에 감동을 받는다. 그래, 무척 감동적이다. 열심히 무언가를 읽어대고 있는 사람들도 좋은 그림이긴 하지만, 골똘씨가 훨씬 감동적인 그림이다. 그 감동은 아마도 그 골똘씨처럼 무언가 확실히 생각하고 있다는 느낌을 주는 사람을 만나기가 힘들다는 이유 때문인 것 같다. 무얼 열심히 보거나 열심히 재잘대는 사람은 많지만, 눈빛이 흐릿한 채 멍해 있는 사람이나 눈알을 끊임없이 돌려 무언가를 관찰해대면서 불안하게 하는 사람은 많지만, 세상을 쏘아보고 있는 듯한 사람을 만나기

골똘씨 하나

는 힘들다. 한마디로 골똘씨가 드물다.

저 골똘씨가 무얼 생각하고 있는지까지 그릴 수 있다면 그림이 완성이 되고, 그 그림을 설명하기가 쉬울 것 같긴 한데, 저 사색을 방해하면서까지 물어서 알 것까진 없다. 끝내 내 마음에 미완성 작품을 남기고 골똘씨는 표표히 지하철을 나선다. 고개가 약간 왼쪽으로 기울었지만, 시선만은 정면으로 향하고 돌아서 나가는 골똘씨의 뒷모습을 향해 찬사를 보내고 싶다. 사색과 진지한 탐구, 무게 있는 눈빛이 드문 이 도시에 앉아 무언가를 향해 골똘한 눈빛을 쏘아대고 있다는 것만으로도 그는, 세상을 잘살고 있는 축인 것이다.

우리 집 유권자들

할머니

87년에 엉뚱하게도 기권 후보한테 표를 주었던 할머니는 이번에는 제대로 투표를 하셨다. 할머니가 87년에 무효표를 던진 일은 이런 속사정을 가지고 있다.

선거를 앞두고, 분위기가 어쩐지 1번 같은 아들과 3번을 지지하는 손자 사이에서 할머니의 고민은 말할 수 없이 컸다.

"이 일을 어쩔꼬."

밤이면 잠을 못 이루고 뒤척이실 정도였다. 조국의 운명에 중대한 일이 우리 할머니에게는 아들이냐, 손자냐를 선택하는 일이 된 것이다. 가장이냐, 종손이냐.

벙어리 냉가슴 앓듯 버거워하시던 할머니는 모처럼 시골에 내려간 막내손녀에게 고민을 털어 놓으셨다. 싱겁기도 하고, 웃음도 나는 이야기였지만 여고생이었던 나도 심각한 문제라는 것을 부인할 수는 없었다. 할머니가 몹시 딱해서 무슨 말이든 도움을 드리고 싶었지만, 뭐라고 딱 잘라 말할 수도 없었다. 한참을 덩달아 고민하다가 간신히 정답을 찾아 냈다.

"아버지랑 오빠랑 생각하지 말고, 이름 많이 들어 본 사람 찍으면 되지."

지금 생각해도 그만한 답이 없는 것 같다.

선거가 끝난 뒤에 집에 갔을 때, 너무너무 궁금해서 절을 올리자마자 그것부터 물었다. 여태 아무한테도 말을 못하시고, 내가 내려가기만 기다리셨던지 할머니는 쉬쉬해 가며 말씀을 하셨다.

"니 말 듣고 큰맘 묵어 부렀다. 근디, 하도 가슴이 벌렁거려서 글자가 안 보이드란 말이다. 손으로 세 갖고 찍었는디, 아야, 이쪽부터 세번째가 맞지야?"

할머니가 가리키는 쪽은, 그러나 불행하게도 왼쪽이었다.

그랬던 할머니가 이번에는 누구한테도 묻지 않고 투표장에 가시더니, 오빠더러 오른쪽부터 셌으니까 걱정 말라고 하시더란다. 내가 여쭈었을 때는 이런 말을 덧붙이셨다.

"같은 실수를 두 번 하는 멍청이도 있다드냐?"

아버지

내가 알기로 아버지는 80년대 초까지만 해도 '누가 뭐라든 야당'이었다. 그런 아버지가 동네에서도 드물게 1번을 찍을 수밖에 없었던 배경이 있다.

12대부터던가, 우리 문중의 한 사람이 우리 지역구에 국회의원으로 출마하기 시작했는데, 그 사람이 방정맞게도 여당이었다. 선거철마다 한 번씩 우리 집엘 들러 점심을 먹었기 때문에, 상을 차리느라고 엄마가 고생을 해야 했다. 한 번은 그 아저씨가 내 손에 봉투를 쥐어 주고 돌아갔다. 어렸을 때였기 때문에 유명한 사람이 큰 돈을 쥐어 주니 멋모르고 좋아했던 나는, 그것이 점심상값이라는 것을 오빠한테 전해 듣고는 어린 마음에도 몹시 찝찝해 했던 기억이 있다.

게다가 내세울 것도 없이 거드름을 피운다고, 아버지가 몹시 싫어했던 아저씨가 노골적으로 야당인 체를 하기 시작하셨다. 그래서 87년도에는 엄마랑 할머니한테 1번이라고 귀띔까지 하실 정도였는데, 어렵게 울궈 낸 엄마의 말씀으로는 이번에는 그 정도는 아니었단다.

선거에 관해서는 통 아무 말씀도 안 하시니 잘 모르겠지만, 문중에서 그 국회의원 후보였던 아저씨 체면을 세워 줘야 되지 않겠느냐는 말이 조심스레 돌았으니, 문중 밝히시는 아버지가 찍기는 그 쪽을 찍지 않았겠냐는 말씀이었다.

선택이야 어쨌든 간에 그렇고 그런 사정 때문에 생각이 기우신 아버지도, 관상부터가 간신배인 배반의 병아리는 대통령감이 아니라고 생각하셨던 게 틀림없다.

엄마

선거 아니라 그 어떤 일이라도 엄마는 거의 아버지의 뜻을 따르시는 편이다. 87년에는 아버지의 뜻이 확실히 그러하셨으니, 엄마가 영향을 받지 않을 수 없었을 게다. 그래서 그때 내가 물었을 때는 묵묵 부답이셨다.

이번에는 은근히 떠본 결과 '제대로 투표를 하신 것'이 틀림없
다. 아버지 얘기를 들려주시면서 어디 가서 말 마라고 쉬쉬하시고
는, 덧붙이지 않을 수 없다는 듯이 입술을 깨물며 하시는 말씀이

"아이, 어쩐 사람이 다 그 사람을 찍었다냐? 다 느그 아부지 같
이 사연이 있었으끄나?"

9시 뉴스도 한 귀로 듣고 한 귀로 흘려 버리는 촌부의 생각에도
역시……

큰언니네

"순복음 교회에서는, 하나님 믿는 사람이 대통령이 되야 한다고
아주 노골적으로 설교까지 한다드라."

선거 전날, 교회에 다니는 선배 언니의 말을 듣고 나니 문득 큰
언니 생각이 났다. 큰언니랑 형부는 너무너무 독실한 크리스챤이
기 때문에 걱정이 되었다. 혹시나 해서 거금을 들여 시외전화를 했
더니, 역시나였다.

"형부랑 심사숙고 해서 결정한 거야. 마음을 정한 걸 어떡하니?
그 사람, 너무너무 얄밉고 짜증나는 사람이지만 믿음이 있는 사람
이라 어쩔 수 없다, 얘. 우리도 너무 찝찝하긴 한데, 언젠가는 하나
님 뜻을 따를 거라고 믿어야지, 뭐. 아마 너는 이 사람을 찍으라고
하고 싶은 모양인데, 이 사람은 북한에서 동지라고 한다잖니. 그런
사람을 어떻게 믿니? 그래도 뭐, 너 걱정 안해도 되겠드라. 내 친

구들이나, 아파트 사람들이나 그 사람 찍겠다는 사람 하나도 없더
라. 나는 말도 못 꺼내 봤다니까. 그리고 니가 이 사람을 지지하면
열심히 기도해. 니가 기도 열심히 하면 하나님이 들어주실 거야.
우리도 기도를 하고 결정을 한 거라서, 이젠 내 마음대로 못해.”
　20분이나 통화를 하느라고 전화요금은 엄청 날렸지만, 정말이지
거기에 대고는 더 할 수 있는 말이 없었다.

기타

　그러고도 우리 집에는 나까지 여덟 명의 유권자가 더 있다. 물론
시집간 언니, 형부, 새언니 둘까지 합해서이다.
　이 여덟 명한테는 특별한 사연이 없다. 굳이 있다면, ‘민주정부
수립’을 열망한다는 공통의 것뿐이다.

1993년 1월, 새해

"젠장, 더 심할 거 아냐? 대통령을 그 모양으로 뽑아 놨으니
……."

함께 시장을 보고 나오는 길에 친구가 하는 말이다. 그 투덜거림
은, 해가 바뀌었는데도 김치도 제대로 못 먹고 살다가 모처럼 저녁
을 걸게 먹기로 하고 큰 맘을 먹었던 우리의 장바구니가 지나치게
헐렁함에 대한 것이다.

돈이라는 것이 정말 말할 수 없이 싸졌다. 그 친구나 나나 물가,
물가 해도 크게 실감을 못하고 살았었는데, 시장을 딱 한 바퀴 돌
고 나자 그놈의 정체가 보였다. 꼭 무엇인가에 대책 없이 속은 것
같은 허탈감. 어차피 그럴싸한 장보기는 기대할 수도 없는 우리 같
은 자취생들이 그럴 때, 온 가족의 식욕을 책임지고 있는 어머니들
은 심정이 어떨까. 그렇다고 지금, 이제 겨우 장님 코끼리 만지기
식으로 맛만 본 물가의 공포 이야기를 하려는 것은 아니다.

대선이라는 태풍이 한바탕 놀다간 후로, 사람들은 둘만 마주해
도 그 이야기를 한다. 아니, 굳이 입을 들썩여 얘기하는 사람은 많
지 않고 그저 그런 분위기를 탄다. 솔직히 나는 그 분위기 속에서
어리벙벙하게 앉아 있는 사람 중의 하나이다. 이러이러한 문제가

한 마당. 알고 보면 모두가 구면

있었고, 이런 점은 이러했으니, 앞으로 이러이러한 일들을 준비해야지 않겠느냐고 말하는 사람을 어쩌다가 만나면, '아, 그렇구나' 하는 생각보다 그렇게 말할 수 있는 그 사람이 그저 신기하다. 그리고, 거의 모든 경우에, 내 친구가 그랬듯이 '젠장'이라고 먼저 말하거나 그렇게 말하는 사람의 표정에 동의하며 자리에서 일어선다.

그것이 태풍 뒤의 내 심정을 대변할 수 있는 것인지는 모르겠지만, 어쨌거나 나는 요즘 자주 힘이 빠진다. 길을 걸을 때도, 어디에 앉아 있을 때도 잔뜩 늘어져 있기 일쑤다. 그럴 때 내 눈알은 틀림없이 멍청한 빛깔을 하고 있을 것이다. 그러다 문득 주위가 느껴지면 고작 정신차려 한다는 생각이 '저 사람은 누굴 찍었을까?' 정도이다.

오늘 아침에도 그랬다. 노원역에서 4호선 전철을 탔는데, 출근때도 아닌 시간에 오늘따라 사람이 많아 자리가 없었다. 예전에 그런 일이 있었다면 앉아서 갈 기대가 무너진 것에 대해 대단히 아쉬워하며 대상 없이 투덜대기도 했겠지만, 그것도 기운날 때 얘긴가 보다.

유난히 자리욕심이 많은 나였지만, 어떻게 비집고 들어갈 틈이라도 없을까 따위는 생각지도 않은 채 입구 쪽에 섰다. 그렇게 늘어진 어깨마저 무거웠던지 출입문에 풀썩 기대고 있는데, 누가 가만히 어깨를 두드렸다. 두드렸다기보다는 부드럽게 토닥였다. 젊은 아저씨였다.

"학생, 왜 이렇게 힘이 없어요?"

나는 그냥 웃었다. 낯선 사람이 그렇게 말을 건네 오는데도, '이 사람 누구지?' 또는 '모르는 사람인데, 웃겨' 등등의 생각은 전혀 들

1993년 1월, 새해

지 않았다.

"혹시 ×× 대학 안 다녀요?"

서울에 있는 한 학교를 대며 묻는 말이었다. 나는 고개를 저었
고, 아저씨는 그 대답에는 별 관심이 없었던 듯 빙그레 웃으며 말
했다.

"학생들 요새 디게 힘 빠지죠? 며칠 전에 내 후배를 만났는데
…… 꼭 학생 같은 표정이드구만."

그 말을 듣고서야 나는 정신을 모아 아저씨를 살피기 시작했다.
넉넉잡아 서른셋쯤 돼 보였는데, 짙은 눈썹과 선이 뚜렷한 입술에
도 불구하고 따뜻한 인상이었다. 검은 폴라에 남색 파카를 입고 있
었고, 서류가방 같은 것을 끼고 있었다.

"힘내요. 아무것도 안 끝났어요."

아저씨는 또 웃었고, 나도 웃었다.

이 낯선 아저씨는 역시 낯선 사람인 나한테서 무얼 보았을까. 힘
빠져 있던 후배가 문득 생각났을까. 내가 그런 생각을 하느라고 잠
시 한눈을 판 사이, 아저씨는 타고 내리는 사람들에 묻혀 어디로
가버렸다.

아저씨랑 그렇게 헤어진 후, 나는 또 생각했다. 누구였을까 따위
는 더 이상 궁금하지 않았다. 그저 나랑 비슷한 실의를 가졌던 사
람인가 보다, 그리고 지금은 힘을 내려고 노력하고 있는 한 서울시
민인가 보다라는 짐작만, 확인한 사실처럼 간직했다. 그리고 문득
올려다본 벽면의 광고물에서 새해 어쩌고 하는 문구를 발견했다.

1993년 새해가 시작되고 며칠이 지난 어느 날, 그 지하철 안에서
나는 새해라는 느낌을 처음 건네 받았다.

37

1993년 1월, 새해

유진이 형의 그 꿈

　개꿈이라느니, 쓰잘데기 없는 잠꿈이라느니 하는 우스갯소리로 무시를 많이 당하기는 하지만, 꿈이라는 것이 현실의 일부를 무의식 속에서 반영한다는 것에 대해 명확한 근거를 가지고 반기를 들 수 있는 사람은 몇 안될 것이다.

　박정희가 죽기 전날(국민학교 3학년 때였다) 교실 복도에서 내 앞에 피를 쏟으며 고꾸라지는 '우리 대통령 각하'의 꿈을 꾸고 난 뒤부터, 나는 꿈이라는 것에 대해 상당한 신빙성을 주장해 오고 있다.

　우리 엄마는 집 안팎의 중대사가 있고 난 뒤에는 꼭 엄마의 밤꿈에 대해 이야기를 하시곤 하는데, 그것에 대해서도 나는 예민하게 귀를 기울인다.

　아빠가 조합장 선거에 떨어지시던 날 엄마는 그 전날 밤에 밤꿈을 꾸지 못하신 것에 대해 대단히 애석해 하셨고, 내 조카들을 얻기 전날에는 꼭 꿈에 밤을 보셨다고 했다. 또, 형제들의 시험 합격자 발표가 있던 날에는 꼬박꼬박 밤 이야기를 하셨는데, 내가 대입 합격자 발표를 기다리던 날도,

　"걱정하지 말어라. 어저께 꿈에 이불 우그로 밤톨들이 한 말이나

한 마당. 알고 보면 모두가 구면

쏟아졌응께."

하는 전화를 주시고는 이웃집에 마실을 가시는 것으로 그 꿈에 대한 믿음을 보여 주셨다.

엄마의 밤꿈 같은 얘기는 아니지만, 나는 어제 들은 내 선배의 꿈에 대해서 이야기를 하고 싶다. 지금 나는 유진이 형이 그 꿈을 꿔 주지 않았더라면 어쩔 뻔했는가 하는 끔찍한 가정을 해보면서, 형의 꿈이 내게서 화를 쫓아 주었음을 대단히 다행스러워하고 있는 참이다.

바로 어제의 일이다.

동아리의 다른 회원들은 부산 경성대학교에서 부탁한 연대시를 낭송하기 위해 그저께 부산으로 떠났고 어제 낮에 나는 교원임용고시 철폐를 위한 사범대 집회에 참가했다.

집회를 마친 후에는 집회에 참가했던 사대 학우들과, 사대에 지원투쟁을 나온 오월대 학우들과 함께 정문으로 나갔다. 싸움을 시작한 지 얼마 되지 않아서였다. 삐뽀거리며 기어나온 시커먼 페퍼포그가 여느 때와 다름없이 지랄탄 세례를 퍼부어대기 시작했다. 바로 그 전까지 득의양양한 사기로 하늘을 찌를 듯 목청을 높여대던 여학우 대열이 흩어지기 시작했다. 달리기라면 참 유난스럽게도 못하는 나도 있는 힘을 다해서 뛰기 시작했다. 하마터면 내가 온전한 몸으로 못 남을 뻔한 사건은 그때 있었다. 아스팔트 바닥에 사정없이 넘어진 것이다. 누군가와 다리가 엇갈린 모양이었다. 지랄탄 가스통이 내 양옆을 슉슉거리며 스쳐갔다. 넘어질 때의 충격 때문인지 무릎이 말을 듣지 않아서 한참 허우적거리고 나서야 간신히 일어날 수 있었다. 지랄탄 가스가 점점 팔다리에 감아 들기 시작했다. 뒤뚱뒤뚱 두어 발자국을 옮기자마자 다시 한 번 꽈당 넘

어졌다. 그러기를 세 번, 나는 완전히 뛰기를 포기하고 주저앉아
버렸다.

지랄탄에는 어지간히 익숙해졌다고 생각했는데 어제는 어찌된
일인지 그 흉칙스러운 물건 앞에 꼼짝을 할 수가 없었다. 이름도
잘 어울리는 그 지랄탄이라는 것을 맛본 사람은 알 것이다. 눈을
뜰 수 없는 것은 물론이고, 벌써 목구멍을 타고 넘어간 그놈의 가
스가 구토증까지 만드는 것이다. 바로 뒤에서는 투다닥거리는 묵
직한 발소리가 다투어 들려오고 나는 완전히 안개 속에 고립된 채
헛구역질만 해대고 있었다. '이것이 죽는 것이구나!' 하는 느낌을
정말로 비참하게 실감했다. 그대로 두었으면 최소한 기절은 할 판
이었는데 가물가물 안개를 헤치고 말소리가 들렸다.

"얼른 일어나."

누군가가 다가와 내 팔을 잡아 끌었다. 그가 누구인지, 방패들
중의 한 명인지 구원의 손길인지 생각할 겨를이 없었다. 무조건 그
가 이끄는 대로 비척거리며 걷다가 한참은 땅에 질질 끌려가기도
했다. 그러고도 한참을 헛구역질의 고통과 싸우다 어렴풋이 눈을
들어 보니 학교 안이었다. 옆동아리의 선배가 담배연기를 뿜어 주
고 등을 두드려대고 있었다. 정신을 차리고 반듯이 앉으려고 몸을
들었더니 무릎에 통증이 왔다. 왼쪽 무릎이 한 뼘쯤 뜯어진 청바지
속에서 발갛게 드러났다. 꼭 동전만큼하게 살점이 뜯겨져 나가서
바지천과 닿으면서 쓰려 오는 것이었다.

나는 형편없이 쳐진 몸뚱아리를 친구들에게 맡기다시피 하고 보
건소에 찾아가 치료라는 걸 받았다. 싸움이 끝나고, 각 동아리의
아는 친구들은 내가 무슨 큰 부상이라도 당한 듯 동정의 말을 보
내 오고 더러 위로의 농담을 늘어놓기도 했다.

그리고 잠시 후.

뜯어진 바지는 수습할 길이 없고 심난한 마음으로 동아리 사람들이나 빨리 돌아왔으면 좋겠다는 생각을 막 하고 있는데 방문이 열리고 괴성 같은 환호들을 올리며 사람들이 들어왔다. 그때의 반가움이란…….

이런저런 얘기를 하다가 내 다친 얘기가 나왔는데 경성대에 갔던 친구들이 폭소를 터뜨린다.

"봐, 누가 개꿈이라고 했어?"

유진이 선배가 눈에 빛을 내며 으시대자 영문을 몰라 하는 나머지 사람들에게 한 선배가 이야기를 해주었다.

"오늘 새벽에 갑자기 턱이 겁나 아퍼야. 알고 본께 유진이 형이 발로 내 턱을 차버린 거였어. 성질나제. 그래서 깨워 가지고 물어 본께로 갑자기 우리 서하, 우리 서하 한다. 성질나 죽겠는디 뭔 소리 허냐고 그랬드만, 꿈꿨단다, 서하 니 꿈. 그래갖고 오늘 하루 종일 서하한테 무슨 일이 있다고 중얼거리고 다닌다니까. 개꿈 가지고…… 꿈 이야기는 유진이 형이 해주씨요이."

이어서 하는 유진이 형의 그 기막힌 꿈이야기를 듣고 우리는 탄성을 올렸다. 이야기를 옮기자면, 그러니까 꿈의 배경은 무슨 전철역 철로 같은 데였는데 자갈이 무수히 깔려 있었단다. 등장 인물은 백골단과 유진이 형과 나, 그리고 주인공은 유진이 형이래나.

어쨌든 이야기는 이렇다. 갑자기 나타난 백골단 놈들이 우우 몰려오자 육박전이 시작되었는데 도무지 발이 떨어지지 않아서 용을 쓰다가 불현듯 내 생각이 들더란다.

"우메, 우리 서하. 달리기도 못헌 것이 디지게 맞고 있겠네."

한참 두리번거렸더니 아니나다를까, 엎어져 있는 내 위로 백골

서너 놈이 죽일 듯이 달려들고 있더라나. 대개의 꿈들이 앞뒤 없이 뒤죽박죽이고 무협지처럼 얼토당토 않은 일이듯이 우리의 유진이 형도 순간 두 얼굴의 사나이가 되어 버렸다. 그렇게도 무겁던 발이 나비처럼 날아서 순식간에 백골들을 이단옆차기로 날려 버린 것이다. 턱을 맞은 형은 그때 있는 힘껏 올라간 유진이 형의 발에 정통으로 부딪힌 것이었다.

"너 진짜 나 아니었으믄, 아니 내 꿈 아니었으믄 그때 그 지랄탄 속에서 디지게 터졌을 것인디. 참말로 진즉에 죽은 목숨 내가 살려 났다, 이?"

생색내는 유진이 형이 얄밉기도 하고 백골 대신 엉뚱하게 채인 선배한테는 미안하기도 하지만, 어쨌든 나는 유진이 형에게 감사해 하고 있다.

아이들 말처럼 나를 구한 것은 꿈이 아니라 분명히 옆동아리 선배이다. 그러나 나의 가장 큰 약점인 못난 다리가 얼마나 염려스러웠으면 꿈에서까지 걱정이 되었을까를 생각하면, 정말이지 눈물이 나올 만큼 감격스러운 일이다. 유진이 형이라면 올 한 해 함께 소설 기획창작을 해 오면서 퍽도 깊은 절망에 빠져 보기도 하고 서로 힘을 내라고 어깨 토닥여 주고 해 온 진짜 창작동지였다.

그 이야기는 이내 입에서 입으로 전해져서 유진이 형의 그 가없는 후배사랑·동지사랑이 자주 사람들 입에 오르내리게 되었다. 아마 내게도 평생 가도 잊지 못할 나를 구해 준 꿈, 나를 구해 준 유진이 형의 그 동지애로 남을 것이다.

사실, 그 후로 나는 꽤나 으시대는 마음을 남모르게 가지게 되었다.

"친구를 만나려면 적어도 그 정도는 되는 친구를 만나야지 않겠어?"

'착한' 사람

절친했던 선배인 신이 언니의 결혼식이 있어서 순천에를 다녀왔다. 신랑은 그 언니를 통해서 알게 되어, 나하고 '의오누이'를 맺은 내 오라버니였다. 4년 동안 오라버니와 언니를 쭉 지켜봐 왔기 때문에 그다지 순탄하지만은 않았던 두 사람의 연애시절 우여곡절을 적잖이 알고 있는 나로서는 그 결혼식이 감개무량하기까지 했다. 드디어, 드디어 하는구나. 식장이 교회였기 때문에 권면이니, 기도니, 찬송이니 해서 시종 엄숙했던 식을 마치고 우리는 우인을 위해 마련한 식당으로 갔다.

신랑이 너무 웃었다느니, 신부가 너무 씩씩했다느니 하는 얘기들을 나누며 밥을 먹고 있는데, 웬 까까머리 청년이 식당에 들어섰다. 낯이 익은 것 같아 유심히 봤더니, 내가 오래 전에 만난 적이 있는 신이 언니의 친구였다. 딱 두 번 만난 사람이지만 반가운 마음에 눈인사를 보냈더니, 그 쪽에서도 알아보고 양복에 어울리지 않게 거수경례를 붙인다.

1학년 여름이었다. 다른 동아리 방에서 노래를 부르며 놀고 있는데, 선배가 와서는 누가 신이 언니를 만나러 왔으니 나보고 가 보라는 것이었다. 신이 언니는 그때 복잡한 일을 만나 두문불출했는데 나하고만 연락이 되고 있었다. 복도로 나가 보니 웬 키가 껑충한 남자가 뒤에서 창에 기대어 서 있었다.

"중요한 일이세요?"

"뭐, 그렇진 않아요. 친군데, 지나는 길에 들렀어요. 서울에서 왔거든요."

"어머, 어떡하죠? 언니가 지금 없는데……."

"어디 있는지만 알면 제가 찾아갈 텐데……."

"글쎄 어디 있는지를 저도 모르겠거든요. 가끔 연락만 와요."

"그럼, 혹시 다시 연락이 오면 전해 주세요."

그리고 그 사람은 이름과 간단한 인사말을 적은 작은 쪽지를 남기고 갔다. 그뿐이었다.

두번째 만난 것은 다섯 달 후, 그러니까 11월 말쯤이었다. 동아리 방에서 나와 수업엘 가고 있는데, 막 지나친 남자가 뒤에서 불렀다.

"저어……."

"네?"

"저 모르시겠어요? 신이 친구……."

한참 만에 나는 그 사람을 기억해 냈다. 그는 언니를 만나러 동아리 방에 가는 길이었다.

"어머, 지금 언니 방에 없는데…… 수업 갔든가, 집에 있을 거예요."

그래서 나는 그와 함께 수업이 있는지 확인하기 위해 언니네 과 학생회실에 갔다가, 수업이 없다길래 가까운 언니의 자취방까지 갔다. 언니는 마침 집에 있었다. 두 사람의 반가운 재회를 보고 돌아서는데, 그가 수업 후에 다시 올 것을 청했다. 동아리 일정이 있으니 오래 계실 거면 느지막이 오겠다고 했다. 그리고 약속대로 저녁 무렵에 찾아갔다.

그때서야 늦은 소개를 했는데, 그는 신이 언니의 고향 친구였고 서울에서 학교에 다니고 있다고 했다. 잠시 앉아 이런저런 이야기를 하다 보니 별 얘기가 다 나와서 우리는 그가 막 시작했다는 연애 이야기까지 들었다. 무척 소박하고 이쁜 이야기였다. 자기 이야기를 하고 난 그가 신이 언니에게 물었다.

"너도 연애한다며?"

"소문은 다 듣고 사네?"

"어떤 친군지 참 복도 많다."

"아니야, 내가 복이 많지."

오랜 친구로서, 그렇게 말하는 두 사람의 대화가 무척 아름답게 보여서 그저 방실방실 웃고 있는 내게 그가 갑자기 말했다.

"처음 봤을 때 기억나요? 그때 참 인상적이었는데……."

"여름에요? 인상적일 일은 없었던 거 같은데……."

"친절했잖아요. 내가 신이를 못 만나고 가게 되는 걸 무척 안타까와했었죠? 처음 봤어요, 그렇게 착한 사람…… 내가 나중에 신이한테 말했는데…… 오랫동안 생각했어요. 반했었거든요, 그때."

얼굴을 들 수가 없었다. 나는 잘 기억도 나지 않는 일이었지만, 그것을 가지고 사람을 추켜올리니까 황당하고 쑥스러워 죽을 지경이었다. 하지만 생각할수록 기분 좋은 일이었다. 내가 착하다는 말을 들었다거나, 좋은 인상을 주었구나 하는 생각에서만은 아니었다. 그런 짧은 시간, 짧은 이야기 속에서 좋은 점을 찾아서 기억할 줄 아는 사람을 만났다는 것 때문이었다. 그 사람이야말로 '착한' 사람이었다.

'착한' 사람

"군에 가기엔 좀 늙지 않았어요?"

식사가 끝나고 신랑 신부가 오기를 기다리는 동안 잠깐 이야기를 나누었다.

"좀 그렇죠. 어떻게 지내요? 뭐하고 사는지 신이한테 이야기 들었는데."

"뭐하고 산다고 그래요?"

그렇게 물으면서 나는 갑자기 몹시 부끄러워졌다. 그 부끄럼 때문에 딴 생각을 하느라 그의 대답도 못 들었다.

3년이 지나도록 그가 아직 나를 기억하고, 내 안부를 묻기도 한다는 건 그때의 내 인상을 고스란히 가지고 있다는 건지도 모른다. 그런데 나는 아직 그때만큼이라도 '착하고' 있을까? 글쎄, 그걸 막대그래프 그리듯이 비교해 보는 것이 우스운 일이긴 하지만, 나는 참 많이도 안 착해진 것 같다. 이제는 전혀 모르는 사람이 찾아와서 뭘 물으면 건성으로 답하기도 하고, 짜증스러울 때가 많아 친절보다는 부담을 주는 것 같다. 나이가 들면(?) 그러나? 아니면 살다 보면 처세가 천박해져서 대충 눈치껏 하게 되는 걸까? 아, 이러면 안되는데…… 그 착한 사람의 이야기를 듣고 내가 얼마나 기뻤었는가를 생각해 본다면 말이다.

광주은행 그 아가씨

　가지고 있으면 불안할 만큼 많은 돈을 가지고 있다거나, 은행에 맡기는 것을 최고의 안전투자로 생각하고 동전만 모여도 은행으로 달려가는 극성스런 알뜰장이는 아니지만, 나는 은행을 꽤 자주 이용하는 편이다. 시골에서 타 온 용돈을 특별히 쓸 데가 없을 때, 공연히 지니고 있다가 실속 없이 날리느니보단 낫겠다 싶어 적든 많든 입금을 하는 버릇을 들여 놓은 때문이다. 또, 시내에서 교편을 잡고 있는 언니의 부탁으로, 월급날부터 며칠은 여기저기 쪼개어 붓고 있는 적금을 제날짜에 맞추어 내느라 부산히 쫓아다니기도 한다.

　이렇게 심심찮게 은행 출입을 하면서 내가 느낀 바로는, 은행이 가장 붐빌 때는 월요일과 금요일인데 어떤 때는 한 시간씩 기다려야 할 경우도 있다. 그런 경우는 으레 차분히 앉아 있을 만한 자리도 없어서, 나는 누굴 찾는 사람처럼 두리번거리며 사람들을 관찰하곤 한다. 그러고 서 있으면 별의별 사람들을 다 보게 된다.

　청구서를 쓰다가 머리를 긁적이면서 오늘 날짜를 물어 오는 사람들은 부지기수고, 갓난애를 덥썩 안겨 주면서 가벼운 미소로 부탁을 해 놓고는 청원경찰 옆에 바짝 붙어서서 두툼한 지폐를 세는 아줌마들도 여러 명 보았다. 여름샌들을 끌고 가볍게 달려와서는 양손에 묵직한 동전주머니를 들고 낑낑거리며 돌아가는, 근처 사무실의 경리사원이나 가게의 카운터쯤 돼 보이는 아가씨들도 자주 보게 된다. 한 번은 흰 턱수염 때문에 눈길을 끈 초로의 신사로부터 비밀번호 하나 만들어 달라는 어처구니없는 부탁을 받은 적도 있다.

내가 이런 사람들을 보게 되는 곳은 주로 우리 학교 정후문에 하나씩 있는 광주은행인데 학교를 경계로 정문은 '신안동 지점'이고 후문은 '용봉동 지점'이다.

그곳에서 내가 만나는 사람들은 비단 이런 '고객들'뿐만이 아니다. 오히려 훨씬 더 많은 시선을, 대리석 칸막이 너머에 나란히 앉아 있는 행원들을 관찰하는 데 할애한다. 그 중에서도 여직원들한테는 훨씬 더 주의가 가는데, 정문과 후문을 번갈아 이용하면서 발견한 정·후문 여직원들의 차이점은 매우 흥미스러운 것이었다. 가만히 보니 같은 은행원임에도 불구하고 두 지점의 분위기가 상당히 달리 느껴지는 것이었다. 그것이 여직원들의 외모에서 비롯되었음은 금새 알 수 있었다.

먼저 정문을 말하자면, 신안지점의 여행원들은 일률적으로 입은 그 개성 없는 제복에도 불구하고 어딘지 모르게 대단히 세련돼 보인다. 왜 그럴까? 조금만 유심히 보면 그 세련됨의 정체가 보인다. 그것은 다름아닌 아이섀도우나 입술연지의 색깔, 혹은 머리모양이나 제자리에 어김없이 붙어 있는 갖가지 악세서리들의 힘이다. 내가 주의깊게 보아 온 한 아가씨는 우리가 관습적으로 알아 온 은행 여직원의 단정한 표본에서 벗어난다 싶을 만치, 짙은 화장과 큼지막한 악세서리를 전시하기도 한다.

그에 비해 후문 용봉지점의 여직원들은 그야말로 앞에서 말한 관습적으로 알아 온 은행직원이다. 대개가 생머리이거나 가볍게 파마를 했더라도 묶거나 땋아서 단정한 느낌을 주는 머리모양에, 화장의 농도나 쇠붙이의 수에 있어서도 단연 열세였다.

그런데 묘한 것은, 내가 생각을 그렇게 몰아가서 그랬는지 모를 일이지만, 나는 후문에 갔을 때가 훨씬 마음이 편했다. 정문으로 가는 경우는 내가 주로 생활하는 2학생회관에서 가깝다는 이유를 들어서이고, 어쩌다 한가할 때는 일삼아서 후문까지 걸어가곤 한다. 그도 그럴 것이 외모에서만 풍기는 이미지가 아니라 실제 정문 사람들이 후문 직원들에 비해 훨씬 차갑고 불친절했다.

이런 중에서도 유독 수수한 외모를 지니고, 유독 친절을 보이는 한 아가씨가 후문의 3번 창구에 앉아 있다. 내가 애초에 이 아가씨에게 호감을 느낀 것은 마이크를 통해 울리는 말소리의 억양 때문이었는데, 그대로 옮기자면 이런 식이다.

"감사합니다. ×××손님, 3번 창구로 오십시요오이잉."

'오십시요'의 그 특이한 억양은 보통 젊은 여자의 말투가 아니었다. 3번 창구 아가씨가 누구인가 하고 일부러 3번 창구를 찾기 시작한 것이 그 아가씨와의 첫 만남인 셈이었다.

내가 관심을 가지고 지켜본 바에 의하면 얼핏 듣기로 '김언니'라는 호칭으로 불려지는 이 아가씨는, 단발보다 조금 긴 머리에 통통해서 복스러워 보이는 얼굴을 하고 있다. 그리고 싱긋만 웃어도 없어져 버리는 눈에 도톰한 입술, 굵고 짧은 목을 가졌다.

그러나 내가 지금 얘기하고 싶은 것은, 옛날 어르신들이 맏며느리감으로나 탐낼 후덕한 외모가 아니라, 유독히 돋보이는 그녀의 친절이다. 친절에도 형식적인 친절과 따뜻한 친절이 있는데, 자신

의 이득을 위한 형식적인 친절은 누구나 할 수 있는 거지만, 진심
에서 우러나오는 친절이란 독특한 감동을 주기 마련이다.

사실 나는 숫자에 관한 것, 예를 들면 수를 센다거나 더하고 빼
고 하는 것들에는 선천적인 공포증을 가지고 있어서, 하루 종일 복
잡한 숫자와 돈세기와 북적거리는 사람들 속에서 시달리는 은행직
원들의 고충을 진심으로 이해한다. 여유를 가질 수 있는 것도 아니
고, 늘 재촉과 제한되어 있는 업무능력 사이에서 어떻게 짜증이 생
기지 않을 수 있단 말인가. 그러므로 그들의 적당한 신경질이나 불
친절은 군소리 없이 받아 줘야 한다고 생각한다. 그런데 이런 생각
을 갖고 있는 나의 소견을 그녀는 완전히 뛰어넘고 있었다.

가끔 아주 바쁜 시간에 한참 기다려야 될 손님이, 정말 속없게도
나는 지금 몇 분이나 기다렸는데 왜 여태도 내 차례가 아니냐는
식으로 따져드는 경우가 있다. 여느 행원 같으면 아예 들은 체도
않거나 매섭게 쏘아대기 마련이다.

"누군 놀면서 안 해줘요?"

그런데 이 아가씨는 화를 내기는커녕, 손님 번호표는 몇 번인데
지금은 몇 번 통장을 처리하고 있으니까 좀더 기다리셔야겠네요,
하고 조금도 귀찮지 않은 표정으로 상냥하게 말하는 것이다.

내가 현금카드를 신청해 놓고 찾으면서, 한 번은 도장을, 한 번
은 신분증을, 또 한 번은 통장을 안 가지고 가는 바람에 기록카드
에서 날짜를 찾고 이름을 찾고 하는 수고를 같은 날 세 번이나 해
줘야 했던 적이 있다. 그때도 아가씨는, 굉장히 미안한 마음으로
머리만 긁적거리고 서 있던 나를 감동시키고야 말았다. 네번째에
가서야 마침내 찾게 되자

"카드 한번 찾으시기 힘드네요. 잃어버리지 마세요"

하고 상냥하게 인사까지 하는 것이다.

아무튼 아가씨는 바쁠 때 동전 바꾸러 오는 밉살스런 사람한테도, 천 원짜리 기껏 세 주니까 고액권으로 달라고 하는 거드름장이한테도 항상 웃는 낮으로 대했다.

그런 이유로 나는 항상 그 아가씨에게로 입금표나 청구서를 가지고 간다. 어떤 사람은 이렇게 말할 수도 있다. 그 아가씨는 그러느라고 많은 일을 신속하게 해내지 못할 수도 있지 않느냐고. 물론 대단히 현실적이고 똑똑한 말이지만, 나는 이렇게 생각한다. 짜증을 내고 무안을 주고 해서 빨랑빨랑 일을 마치는 사람보다는, 그 아가씨 같은 친절이 훨씬 더 귀중한 업무능력이라고.

이것은 어저께 정말 기쁜 마음으로 다시 한 번 확인되었다. 나랑 똑같이 그녀를 주시하고 지켜보고 존경하고 해 온 사람이 또 있었던 것이다.

어제 아침나절에 나는 책을 사기 위해 일만 원을 찾으러 갔다. 은행은 생각보다 한산했고, 사람들은 좀 나른해 하고 있었다. 청구서를 써서 어김없이 3번 창구로 가지고 갔는데, 의자는 얌전히 책상 밑으로 들어가 있고 아가씨는 없었다. 책상 위도 일한 흔적이라고는 없이 깨끗했다. 결근을 했나? 의아스럽게 생각하며, 나는 그 옆창구에 통장을 내밀면서 조심스럽게 물었다.

"옆자리 아가씨는 어디 갔어요?"

물어 놓고 나는 좀 겸연쩍어 했는데, 옆 창구 아가씨는 나를 힐끗 보더니 갑자기 키득거리기 시작한다.

"신혼여행 갔대요."

마침 무언가를 묻거나 얻으러 온 다른 자리 아가씨도 그 얘기를 듣고는 함께 웃었다.

51

광주은행 그 아가씨

어머나 세상에 결혼을 했구나.

"정말 소설 같애."

다른 자리 아가씨가 혼잣말처럼 말했다. 나는 귀를 쫑긋 세웠다. 옆자리 아가씨가 일부러 들으라는 듯, 나를 힐끗 보며 말했다.

"김언니한테 반한 손님이……."

또 어머나 세상에, 정말 이런 소설 같은 이야기가…….

나는 깜짝 놀랐다가, 정말 내 일처럼 기뻐지는 마음이었다.

나는 물론 그 손님이라는 사람이 그녀의 어디에 반했는지는 알 길이 없다. 그러나 오랫동안 그녀를 존경해 왔던 사람으로서 당당하게 말할 수 있다. 그 손님은 분명히, 사람을 이해하고 존중하고 진심으로 생각하는 그녀의 태도를 놓치지 않았던 거라고.

화장지 네 장

시를 읽다가 문득 고개를 들었다. 눈가루가 쏟아지고 있다.

아침절에 식당이 있는 학생회관 길을 오를 때에는, 비 같지는 않고 그렇다고 또 눈이라고 할 수도 없는 얼음물이 주룩거리더니, 반만 열린 커튼 사이로 얌전히 날리고 있는 저것은 제법 눈의 모양을 갖추어 가고 있다. 가루눈이라도 오후 내내 내려 주기만 하면 처음 찾은 왕산의 다듬어지지 않은 교정이 조금은 덜 황량해 보일 듯싶다.

전문연(전국 대학생 문학 연합) 식구들과의 두번째 모임, 나는 지금 석유난로가 발갛게 몸을 달구고 있는 휴게실에 앉아 있다. 옆에서는 얼굴이 익기도 하고 혹은 아주 낯설기도 한 여러 형들이 저마다의 일들로 분주해 있다. 고릴라 빵이니 디비디비니 요란스럽게 웃기도 하고, 귀퉁이에 끌어다 놓은 탁자머리에서 무언가를 써 내는데 몰두해 있기도 하고…….

보슬거리듯 내리는 눈가루들을 보고 있으니, 작년 꼭 이맘때 가졌던 북한강가에서의 일들이 창 밖으로 비켜 간다. 처음으로 한식구라는 이름으로 그렇게 많은 사람들을 만나면서, 자못 달뜨기도 하고, 사람들 얼굴 하나 말소리 하나에 눈과 귀를 모으느라 바지런을 떨었던 그때, 많은 추억할 만한 일들 속에서도 오랫동안 내게 별스런 감동으로 남아 있는 기억이 있다.

팔십 명이 넘는 사람들이 복작거리면서 공부하고 노래하고 먹고 자고 했던, 강가 그 기다란 방에서의 마지막 밤이었다. 그날도 초저녁부터 꼭 오늘 같은 눈이 내리고 있었다. 맘껏 취해도 좋다는 규율부장의 선포하에 충분한 술과 안주가 준비되었고, 방안을 아수라장으로 만들어 놓은 뒷풀이가 거의 끝나갈 무렵이었다. 하나 둘 쓰러져 코를 고는 사람이 생겼고, 끝까지 자리를 사수한 사람들과 함께 나는 어질러진 방을 정리하고 있었다.

뱃속이 갑자기 부글거리기 시작했다. 옆구리 쪽에서부터 꿈틀대는, 날카로운 것으로 찌르는 듯한 통증이 정신을 아찔하게 했다. 저녁을 욕심껏 먹은데다, 술도 적잖이 마시고, 이것저것 주섬주섬 주워먹은 것이 배탈을 낸 모양이었다. 화장실을 갈 요량으로 아픈 배를 움켜쥐고 가방을 뒤졌다. 하지만 빈 봉지만 구겨진 채 잡힐 뿐 화장지는 없었다.

짜증이 날 정도로 요동을 치는 배를 비벼대며 주변에 있던 아무 여학생이나 잡고 화장지가 있는지에 대해 묻기 시작했다. 꽤 많은 사람들에게 물었지만 공교롭게도 남아 있는 화장지는 아무에게도 없었다. 낭패였다. 배는 점점 더 쑤셔오고, 당장이라도 설사가 쏟아질 것만 같았다. 엉금엉금 기다시피 해서 동전지갑을 찾아들고 방문을 나섰다. 두어 발자국 나가다 생각해 보니, 시간은 새벽을 맞고 있었고 가게 문이 열렸을 리가 없다.

나는 거의 울 지경이 되어 그 자리에 서서 발을 동동 굴러댔다. 근처에 화장실이 없는 곳에서 요의를 느꼈다거나, 화장지가 없는 상태에서 배를 앓아 본 적이 있는 사람이면 그 심정을 알 것이다.

아무 대책 없이 눈앞이 캄캄해 서 있는 내게 구원의 목소리가 들린 것은 잠시 후였다.

"저어……."

인기척에 무심히 뒤를 돌아보았더니, 방안에서 흘러나오는 불빛을 등지고 서 있는 사람이 있었다. 정신이 없기는 없었던지 문 여닫는 소리도 듣지 못했던 모양이었다.

"아까부터 주욱 봤는데요, 화장지가 필요하신 모양인데, 이거라도……."

여학생이 내민 손바닥에는 네모로 접혀진 흰 화장지가 눈부시게 앉아 있었다. 아, 그 순간 내게 그것보다 더 귀하게 보일 것이 무엇이 있을까. 나는 빼앗듯이 그것을 채들고는,

"고마워요."

하는 다급한 목소리를 남기고 화장실로 뛰어갔다. 그녀가 누구인지 확인할 겨를도 없이.

내가 그 여학생이 누구인가에 대해 생각한 것은, 한참 만에 뱃속에서 묵직한 것을 밀어내고 편안한 속으로 화장실을 나서면서였다. 누구였지?

밀창문 앞에 서 있던 흐릿한 불빛 속의 그녀에 대해서 열심히 생각했지만, 방문 앞까지 오는 동안 기억해 낸 것이라고는 전부터 알고 있었던 사람은 아니라는 것과 앞머리 쪽에 둥그렇게 앉아 있던 흰 빛깔의 머리띠뿐이었다. 흰 머리띠를 찾자마자 고맙다는 인사를 제대로 해야겠다고 마음먹었지만, 그곳을 떠나던 다음날까지도 머리띠를 하고 있는 사람은 볼 수가 없었다. 그리고는 오늘까지 나는 그 고마운 친구가 누구인지 알아내지를 못하였다.

그러나 그날 가장 견디기 힘든 고통 중의 하나에 시달리고 있던

나를 도와준 그녀를, 나는 오늘 이곳에 앉아서 본다.

학생회관 앞에 환영한다는 종이 프랑을 걸어 두고, 석유가 부족하지 않느냐, 잠자리가 불편하지 않느냐, 물어 주는 왕산배움터학생회 형들의 따뜻한 미소에서 본다. 먼 길 눈밭을 걸어 이번 문학제에 모여 있는 전문연 형들의 웃음에서 본다. 그리고 눈 내리던 북한강가의 추억 속에서도 본다. 화장지 네 장, 수줍게 내밀던 그 넉넉한 애정을 본다.

꼽추의 애국

우리 시골 동네에는 꼽추에 벙어리인 아저씨가 한 분 계신다. 얼마 전에 손주까지 보셨다니, 이제 할아버지라고 해야겠다.

내 조카 지은이에게 그 꼽추 아저씨는, 호랑이보다 더 무서운 사람이다. 지은이는 맞벌이하는 큰오빠 내외를 위해 엄마가 키우고 있는데, 제 엄마 품에 자라지 못하는 것을 지나치게 불쌍해 하신 엄마 때문에 버릇이 말씀이 아니다. 한 번 제 뜻을 받아 주지 않으면, 엄마의 표현을 빌어 '아리랑 고개를 넘어가고' 마는데,

"꿀꿀이 보러 가까? 빼빼로 먹으까? 지은아, 지은아. 아이, 쩌기 깻대 밑에 도깨비 좀 봐라."

별것을 다 갖다대도 멈추지 않는 지은이의 울음 소리를 그치게 할 수 있는 최후의 수단은, 거짓말로라도 그 할아버지를 들먹이는 것이다.

"진수 하내 온다, 지은아."

진수는 할아버지의 외손자 이름이고, 하내는 할아버지의 사투리이다. 그 이름을 듣고서야 지은이는 겁에 질린 얼굴로 딸꾹질을 해댄다. 그도 그럴 것이 '어버버버버버' 하면서 우리 집 현관문을 들어서는 진수 할아버지의 모습은, 선한 얼굴에도 불구하고 흉측하다.

진수 할아버지 말고도 내가 알고 있는 '꼽추'가 한 사람 또 있다. 키는 보통으로 자란 국민학교 3학년 아이 정도이고, 자그마한 등에는 봉긋하게 혹이 돋아 있다. 그렇다고, 흉측하거나 측은해 보이는 모습을 떠올릴 필요는 없다.

평소 생활 속에서는 어떤지 알 수가 없지만, 적어도 내가 보아 왔던 바로는 소년처럼 늘 웃는 얼굴이었다. 그리고 퍽 인상 깊었던 것이 아는 사람들을 만나면 한쪽 팔을 들어 주먹 쥔 손을 뻗쳐 보이는 것이다.

나는 그를 잘 모른다. 다만 우리 학교에 다니고 있고, 선배라는 것만 안다. 언젠가는 꼭 제대로 인사를 하고 싶었지만, 내가 볼 때마다 그는 바빴다. 그를 볼 수 있는 곳은 주로 싸움이 한창인 교문 앞이나 가두에서이다.

그가 하는 일은 최루가스를 마시면서 열심히 투쟁하고 있는 사람들에게 마스크나 화장지를 쥐어 주고 다니는 것이다. 지랄탄이 빠바방 터지고 후퇴를 할 때, 잘 못 뛰거나, 넘어진 여학생들 손을 잡아 주는 것, 너무너무 매워서 눈을 뜨지 못하는 사람들에게 담배 연기를 뿜어 주는 것도 그에게 중요한 일이다.

지랄탄, 최루탄 가스가 바다를 만드는 거리에 한 번이라도 서 본 적이 있는 사람이면 알 것이다. 그가 하는 일이 얼마나 큰 일인가를…… 잔뜩 지쳤을 때도, 좀 빨리 걷는 것도 힘들어 보이는 그가 그 살벌한 공간을 누비며 손을 내미는 것을 보면 이상하게 힘이 생겼다. 그래서 나는, 할 일 많은 그에게는 좀 미안한 말이지만, 일부러라도 넘어져서 이야기할 기회를 가져볼까도 생각했다. 하지만, 그의 종횡무진 헌신적인 활약 앞에서 힘을 너무 얻어서인지 잘 되지 않았다. 대신에 언제부터인가 나도 모르게, 지나치면서라도 살

짝 인사를 하게 되었다. 그때마다 그도 고개를 끄덕여서 답해 주었고, 우리는 무언의 인사를 나눈 셈이다.

　언젠가는 내 조카 지은이에게 그 꼽추 선배를 소개하고 싶다. 지금은 어려서 그렇다 해도, 외양의 특이성만으로 사람을 무서워하는 대신에, 외양이야 어쨌든 자기 할 일을 묵묵히 찾아하는 사람들에게서 많이 배우면서 자라기를 바라는 고모의 마음으로…….

용면이 아재

신입생 경대가 쇠파이프에 맞아 죽은 뒤, 보릿단에 불붙은 듯 일어난 투쟁의 함성이 벌써 보름이 넘게 이어지고 있다.

매일 밤, 도시가 꾸벅 잠들 때까지 계속되는 투쟁 속에서 지쳐서 떨어져 나가는 사람도 생겼지만, 그보다 월등히 많은 수가 별을 지고 하는 투쟁의 날들에 익숙해지고 단련돼 가고 있는 중이다. 밤늦게까지 함께 돌을 깨 주시는 아주머니들, 남아 돌도록 많은 우유와 빵을 건네주시는 아저씨들, 최루탄 터지는 소리에 놀라 골목에서 빼꼼이 고개만 내밀고 있다가도 화염병만 터지면 어느새 인도에 나와 박수를 쳐 주시는 할머니들……

이분들의 아낌없는 믿음과 사랑이 도로 한복판에서 투쟁에 한창인 우리들에게 미더운 힘이 되곤 했는데, 엊그제부터는 신사복 차림의 아저씨들이 양복자락을 휘날리며 돌을 날리는 모습이 등장하기 시작했다.

물기 마른 하늘과 일찍 찾아온 더위, 지친 몸으로 시원한 얼음물과 재롱 많은 꼬맹이들을 생각하며 퇴근하던 길이었으리라. 제기랄, 빌어먹을 놈의 세상, 푸념을 씹으며 친구들과 소주도 한잔 걸치곤 하던 평범한 직장인들이리라.

　그러던 그들이 집으로 향하던 발길을 돌려, 거추장스러운 양복저고리를 팔락이며 노태우와 민자당의 쌍판대기에 팔매질을 시작한 것이다. 며칠 전부터 드물지 않게 눈에 띄는 활기 넘치는 그들을 보며, 나는 문득 내 아버지의 사촌동생, 그러니까 오촌당숙인 용면이 아재를 생각했다.

　군청 지적계에서 근무하다가, 조사나온 경찰에게 굽신거리지 않은 게 화근이 되어 억울한 누명을 쓰고 깜빵에도 가야 했던 아재. 작은할아버지의 눈물나는 노력으로 집행유예로 풀려나, 지금은 충청도에서 어느 공사(公社)에 나가고 있다.

　용면이 아재라면 지금쯤 충청도 어느 도시 어느 거리에서 틀림없이 저 아저씨들처럼 옷자락을 휘날리며 욕지거리를 던지고 있을 거다. 큰 키에 검고 긴 편인 얼굴, 반골 기질을 말해 주는 듯 곱슬머리에 짙은 눈썹, 화났을 때의 부릅뜬 눈. 그것들 하나하나가 날아가는 돌멩이와 함께 눈앞에 아른거린다.

　용면이 아재로 말하자면 80년 그 피비린내 나던 5월을 가장 아름답게 살았던 시민군들 중의 한 사람이다.

　고등학교 3학년.

　그 봄날, 동갑나기 우리 큰오빠와 함께 서방시장 근처에서 자취를 하던 아재는, 우연히 나가 본 서방 삼거리에서 한 떼의 시민군을 만났더란다. 머리에 수건을 두르고 진짜총을 든 채로 트럭이 비좁도록 앉고 선 아저씨들, 애티나는 학생들, 물이며 과일이며 가게마다 바구니째 먹을 것을 나르던 시장 아주머니들…… 아재는 무조건 그들이 옳으리라 생각했단다.

　그날부터 아재는 겁많은 오빠가 이불 뒤집어쓰고 방안에 엎디어 있을 때도, 날마다 거리로 나갔더란다. 어쩌다 새벽에 집에 들어가는 날이면, 빵봉지나 김밥 한 줄이라도 들고 들어가고, 어떤 날엔 솔방울만한 수류탄도 하나 주웠더란다. 오빠가 끝내 지원동 산을 타고 시골집에 내려가 버리고도 아재는 어느 거리엔가 남아 있었더란다.

광주에 난리가 났다는 어른들 속닥거림과, 어느 날 밤 녹초가 되어 대문 앞에 서 있던 큰오빠, 그 길로 오토바이를 타고 임동서 살던 작은 언니를 데리러 가시던 아버지의 어두운 얼굴…….

기억 속에 이런 것들로만 남아 있던 내 국민학교 4학년의 5월. 나는 그 5월의 진실을 꼭 그때 아재의 나이가 되어서야 알게 되었다.

'기억에 없다'는 말을 유행시켰던 청문회 중계와, TV 앞에 앉아 '아이고 열받어'를 연발하던 아재의 험악한 표정.

간간이 무용담처럼 들려주던 아재의 5월.

27일 도청 최후 사수의 날, 내빼듯이 집에 돌아와 버렸다는 말을 할 때의 씁쓸한 웃음—.

그래, 오늘 용면이 아재는 충청도 어느 거리에선가 양복자락을 휘날리고 있을 것이다. 80년의 봄을 사정없이 할퀴고 간 그 살인마를 향해, 이제 다시 피냄새가 짙어 가는 이 5월에 그 봄에 못다 했던 투쟁을 이어가고 있을 것이다.

또치 생각

　'오빠 생각'이라는 동요가 있다. 어린 시절, 사소한 일로 울적해 질 때 즐겨 불렀던 노래여서인지, 무척 슬픈 노래라는 게 지배적인 인상이다.

　속상할 때 동요를 부르는 버릇이 없어진 지 오래건만, 요즈음 난데없이 그 '오빠 생각'이 자주 떠오른다. 멀쩡하던 가슴에 갑자기 생긴 샘처럼 가락이 잡히고, 노랫말이 붙어 시내처럼 잔잔히 흘러가다 보면, 어느새 소리내어 흥얼거리고 있기도 했다. 갑자기 떠오른 어린 시절의 추억이 옛 애창동요까지 끌어내게 될 정도로 나이를 먹은 것 같지는 않고, 비단구두 사다 주겠다던 오빠만큼 간절하게 기다려지는 사람이 생긴 것도 아닌데, 자꾸 가슴에 찾아든다.

　내가 지금 많이 슬픈 건가. 슬픈 마음 때문에 동요의 서정적 주인공처럼 그리워지는 사람들을 생각하는 건가.

　대선이 그렇게 끝나고, 별로 생각지 않고 살던 사람들이 많이 궁금해졌다. 개표방송이 한창이던 시간에 나는 수원이라는, 아는 사람이 거의 없는 도시에 있었다. 지끈거리는 머리를 싸매고 새벽을 맞았을 때, 제일 먼저 생각나는 사람들이 있었다. 대인시장 아저씨, 아줌마들하고, 또치라는 친구 놈이었다. 대인시장 분들은 지난

한 마당. 알고 보면 모두가 구면

총선때 많은 이야기를 나누면서 그분들의 갈증과 희망에 대해서 절감했기 때문에 몹시 아픈 마음에 생각이 났고, 또치를 생각한 건 정말 섬찟한 예감과 함께였다.

'탈영을 해버릴지도 몰라!'

또치는 동아리 동기이고, 절친한 친구이며, 지금은 군에 가 있다. 시를 참 열심히 쓰는 친구이고, 이 다음에 고향에 내려가 농사를 지으며 농촌시를 쓰는 것이 꿈이다.

한여름 아스팔트가 너무 뜨거울 때만 빼고는 흰 고무신을 즐겨 신곤 했었다. 건강하라는 말 대신에 늘,

"돈 없는 놈은 아플 자유도 없는 것이여"

라는 표현을 쓸 만큼 '가난'이라는 것에 대해서 유독 절실한 감정을 가진 놈이었는데, 그도 그럴 것이 또치는 피땀과 돈의 무비례를 여러 번 절감한 친구였다. 여름방학때 부쳐 오는 편지에는 45도의 비닐하우스 속에서 일해야 하는 '개 같은 경우'에 대한 소감이 절절하게 실려 있고, 도매로는 똥값이라고 직접 트럭을 몰고 서울로 가 수박행상을 하고 돌아와서는

"땀값 싼 세상 치고 오래 못 가는 것인께"

라고 눈을 빛내기도 했다.

또치, 그 이름에 대한 얘기도 해야겠다.

성이 고씨여서 자기는 '추장'이나 '리끼'같은 재미있는 이름으로 불러 주길 바랬지만, 녀석의 인상이 너무나 확실해서 만장일치로 또치가 되었다. 참고로 밝혀 두면, 또치는 도끼의 전라도 말인 도치를 좀 덜 살벌하게 발음한 것이다.

작지 않은 키에 아주 깡말랐지만, 건강한 피부색 때문인지 다부져 보이는 체격에다가, 눈매가 어찌나 날카로운지 겉으로 봐선 주

또 치 생 각

먹으로 한 가닥 할 것 같은 인상이다. 그 눈빛보다도 그를 더 또치답게 하는 것은 독설이나 잘 내뱉을 것같이 생긴 그의 입모양이다. 개인적인 생각으로 친구를 모독해 버린 것 같아 아차 싶은데, 이런 설명에서 오는 느낌과는 달리 직접 보면 미남이다.

그렇게 날카롭게 생긴 녀석이 심성은 은근히 여리고 따뜻한 데가 있어서, 쑥스러워하지 않고 눈물도 보일 줄 알고, 남이 부러워할 만큼 잘 나가는 연애도 하고 있다.

이만한 설명으로도 또치를 알리기에는 부족하다.

보름달을 보면 소주 생각이 더 간절해지고, 맥주상자를 보듬고 죽는 게 소원이라고 말할 만치 술을 좋아하는 녀석은, 입도 걸고 장난기도 많은 데다 멋스러운 것도 잘 챙기는 놈이다. 무엇보다도 잘하는 건 그 녀석 특유의 '또치표 토종 사투리'이다. 그 녀석이 들어온 이후로 우리 동아리 사람들 말투가 얼마나 촌스러워졌는지, 그 중 제일 사투리하고 안 친하다고 찍힌 나도, 동아리 바깥에서 사람들을 만나면 촌스러운 말투 때문에 본의 아니게 사람들을 웃길 정도였다.

그런 녀석인 또치가 나를 몹시 걱정시킨 것은 녀석의 순진함 때문이다. 순진하다는 것이 어울리는 표현인지 모르겠다. 잘 되지 않는 말로 설명하기보다는 한 가지 이야기를 하는 것이 낫겠다.

2학년 초봄이었다.

너무 추운 날씨만 아니면 철 가리지 않고 그랬듯이, 그날도 우리는 학교 후문 잔디밭에서 술을 먹고 있었다. 또치까지 해서 남학생 셋에 여학생은 나 혼자였는데, 웬일인지 나만 멀쩡하고 초저녁에 벌써 셋 다 취해 버렸다. 그 친구들은 그 정신으로 동문서답식 대화를 하고 있고, 나는 어떻게 애들을 집에 보낼까 궁리하고 있을 때였다.

언제 나왔는지 금발의 외국인 남자 하나와 젊은 우리 나라 사람 하나가 공을 가지고 놀고 있었다. 또치가 그 쪽을 보는가 싶더니, 갑자기 벌떡 일어났다. 그리고는 꼿꼿하게 눈빛을 세워 대뜸 삿대질을 해대기 시작했다.

"야 이 새끼야, 꺼져!"

그렇게 말할 때까지는 자기들한테 하는 소린지 몰랐던지 그 사람들도 돌아보지 않았고, 나도 '애가 진짜 심하게 취했군' 하는 생각만 했다. 그런데 또치는 거기서 그만두지 않았다.

"양키 고 홈! 고우 아웃!"

제대로 된 건지 어떤 건지 어디서 영어까지 주워다가 바락바락 소리를 질러대기 시작했다. 그제서야 우리는 말려야겠다고 생각했고, 뒤를 돌아다본 그 사람들도 뭐라고 말을 주고받더니 이쪽으로 다가왔다. 말리는데도 계속해서 소리를 질러대는 또치 때문에, 주위에 있던 사람들의 시선은 우리한테로 집중되었다.

"화이?"

외국인이 말했다. 그리고는 그 금발 남자 하는 말이 가관이었다.

"양키? 노우. 아임 언 잉글리쉬맨!"

미안하다고, 많이 취했으니 이해하라고 사죄를 했더니 그들은 돌아가려고 했는데, 또치 이 녀석이 봐 주질 않았다.

"고우 아웃! 개새끼들 고우 홈!"

일이 그렇게 되고 보니, 한국 청년들의 반미의식이 어떻고 하면서 영국인을 설득시켜 돌아가려고 했던 우리 나라 남자가 화를 내기 시작했다.

"무슨 짓이에요? 알 만한 사람들이 이래도 되는 거요? 나도 한

또 치 생각

국 사람이고, 그러니 이해해요. 그래도 아무나한테 막무가내로 이러는 건 지나치지 않소?"

그러는 동안에도 또치는, 말리는 두 친구를 밀쳐내며 계속해서 소리를 질러댔다.

"저놈들이 으떤 놈들이냐? 뭣이여? 영국놈이라고? 하 참, 깨깡시럽네. 지 입으로 영국놈이라고 자랑스럽게 말을 해야? 영국놈들이라고 뭣이 다르다냐? 싸가지 없는 새끼들. 나는 퍼런 눈깔 푹 들어간 놈들만 보믄 피가 꺼꾸로 솟아 부러야. 아이고, 불쌍한 울 아부지. 느그들은 뭣이여? 책상에 앉어서만, 잉? 데모할 때만 미국놈들 몰아내자고? 배알도 없는 놈들. 우리 아부지가 지금 왜 드러누웠는디? 아이고, 우리 아부지 불쌍도 허제. 이런 놈들을 믿고 좋은 세상을 바라고 있으니…… 저 싸가지 없는 놈! 야! 싸가지들 다 고 홈! 물 건너 느그 땅으로 고 홈!"

그러고는 아예 바닥에 벌렁 드러누워 버린다.

우리는 말리기를 포기해 버린 뒤였고, 영문 모르고 계속 욕을 얻어먹고 있던 그 사람들은, 자꾸 따지려고 들던 태도를 바꾸어서 날더러 저 친구 무슨 문제 있느냐고 물어 왔다. 정신이 없는 중에도 이대로 그냥 보내서는 안될 것 같고, 그렇다고 말대답을 해줄 여유도 없어서 협상을 했다.

"저, 지금은 꼴이 이러니까 우리 내일 만나요. 내일 만나서 얘기해요."

그들은 순순히 그 말에 동의했고, 간신히 또치를 집에 데려다 눕히고 난 우리는, 이 웃지 못할 일에 대해서 제대로 말도 못하고 얼굴만 바라보다가 헤어졌다. 다음날 또치는 그 우리 나라 사람을 만나 사과를 했고, 이야기가 잘되어서 그 사람은 또치를 깊이 이해한다며 격려까지 하고 돌아갔다.

또치는 그런 놈이다.

모르겠다. 그런 기억 때문인지, 공연히 방정맞게 만든 예감 때문인지 모르겠지만, 어쨌거나 나는 며칠 동안 진심으로 또치 걱정을 했다. 그렇다고 내가 할 수 있는 일이란 찾을 수가 없어서 기껏 생각해낸 것이 신년 연하장이었다. 아주 기발하게 웃기는 카드를 골라서, 탈영을 할지도 모른다는 걱정을 유화시켜서 '깊은 우울증에라도 빠지지 않았는지'라는 표현을 써서 보냈다. 전에는 곧잘 편지도 쓰던 놈이었는데, 웬일인지 아직껏 답신이 없다. 그리고 탈영을 했다는 소식도 없다.

탈영까지는 아니더라도 무슨 사고라도 치지 않았을까. 걱정은 지금도 여전히 남아 있다. 왜 자꾸 그런 걱정이 될까. 혹시, 정작 무슨 사고라도 쳐버리고 싶은 것은 내 심정인데, 그럴 용기가 없으니 만만하고 적당한 또치한테 덮어씌워서 생걱정을 하고 있는 건 아닐까. 그래, 녀석은 뜻밖에 너무나 의연히 이 사태를 이겨 가고 있을지도 모른다.

어느 쪽이든 지금은 확인할 길이 없고, 1월 말쯤 정기휴가를 나올 거라고, 민주정부 수립을 기뻐하며 마음껏 '술을 푸자'고 했으니, 그때나 애타게 기다려 보는 수밖에……

두 마당. 머저리 연가

두 마당. 머저리 연가

머저리 연가

마른 들국화 한 송이

찌르릉 찌르릉, 8시 15분

우리식

겨울, 복숭아밭에서 배우다

모양이 다른 찻잔 두 개

아랑에 대하여

이상할 것 없는 일

기성복 같은 멋, 맞춤옷 같은 멋

내가 없었어 봐

머저리 연가

1.

사랑을 하면 눈이 먼다고들 한다. 연애를 하는 친구들에게서 곧잘 그것을 느끼면서 나는 '꼴불견'이라는 생각을 많이 했다.

'벼엉신. 진짜로 사랑을 한다면 서로를 위해서 그야말로 객관적이 되어야지. 그래야 서로의 좋은 조언자가 되고 건강한 애인이 되는 거지. 일단 눈이 멀면 더 이상의 발전은 없는 거야. 제발 깨어나라.'

말은 안 했지만 굳이 표현을 했다면 아마 그쯤 되는 말을 하고 싶었을 게다.

그런 나에게 그 실제상황이 닥쳐 왔다. 아, 정말 그런 말을 내뱉지 않고 속으로만 콧방귀를 뀌었던 게 얼마나 잘한 일이었는지 …… 그렇지 않았다면 나는 너무나 창피해서 얼굴을 들 수도 없었을 것이다.

사실 나는 사랑이라고 하는 감정을 말로 정리한다는 것은 거의 불가능한 일이라고 생각한다. 아무리 열심히 표현하려고 해도 마음으로부터 뽑아 내고 보면 턱없이 부족한 표현력을 느낄 수 있을 뿐이다. 다만 그것이 옛이야기처럼 지나간 것이었을 때, 한참을 털어 내다 보면 어떤 한 가지, 꼭 찝어 낼 수 있는 무언가를 얻을 수는 있을 것 같다. 내가 얻어 낸 것은…… 내가 그 순간 '머저리'였었다는 것, 다시 말해서 아마도 그때 내가 참 이뻤을 거라는 것이다.

2.

91년 4월이었다. 정확히 말하면 4월 29일의 일이다.

내가 그 날짜를 정확히 기억하는 것은, 그 하루가 조국의 역사에 적지 않은 몫을 하는 날이기 때문이다. 그날은 또한 나의 역사에서도 한 줄기를 차지한다. 그날 오후, 5·18광장에 앉아 타오르는 불덩이 승희를 목격하고 어떻게 살 것인가의 질긴 물음에 확고한 답을 내렸던 때문만은 아니다. 멀쩡하던 내 눈이 깜깜하게 멀어 버린 그날을 어떻게 잊을 수 있을까.

그날 밤 나는 승희에게 더 이상 아무 일도 일어나지 않기를 빌며 분노를 키우던 전대병원 복도에서, 한 사람을 만났다. 잘 아는 사이는 아니었지만, 오다가다 여러 번 본 적이 있는 친구였다. 무심히 규찰을 서고 돌아와 잠시 눈을 붙이던 그의 일그러진 얼굴을 보았을 때, 나는 나즈막히 중얼거렸다. 아, 식민지…….

그때의 그 처참한 기억을 잊을 수가 없다. 피로와 근심, 그리고 분노가 그려진 한 청년의 얼굴에서, 그 눈물 자국에서 나는 식민지를 본 것이다. 홑잠에 들었는지 무슨 꿈을 꾸는지 가끔 얼굴을 움

두 마당. 머저리 연가

찔거리는 그를 바라보면서, 잠시 사이에 나는 마치 오랫동안 찾고 있던 얼굴을 만나기라도 한 듯 그의 얼굴이 익숙해졌다. 다가가서 머리를 쓸어 주고 싶은 마음까지 들었을 때, 깜짝 놀라 무엇에 들킨 듯 주위의 눈치를 보느라 혼이 나기도 했다.

그날부터 나는 나도 모르게 그를 유심히 바라보고 있었다. 토론회에서, 술자리에서, 투쟁의 거리에서……. 그리고 적어도 그 앞에서만은 진짜 바보가 되어 갔다. 뒷모습이라도 한번 못 본 날이면 그리워하고, 마주쳐 인사라도 하게 되면 말더듬이가 되어 버리는 날들이 계속되었다. 그 사이 우리는 '동지'로서 친숙한 사이가 되었지만, 나는 도무지 그가 친구 같지가 않았다. 나보다 굉장히 생각도 깊은 사람, 고민도 많은 사람, 할 일도 많은 사람, 그래서 그가 하는 모든 행동에 그럴싸한 이유를 붙이고 싶어 했다.

가령, 보기 흉할 정도로 만취해서 사람들한테 개겨댈 때는, 오늘은 아마 이러이러한 일쯤이 있었나 보다라고 소설 쓰듯이 줄거리를 만들어서 마치 그게 실제 있었던 일인 양 기정사실화 하는 것이다. 사람들 앞에서 이유 없이 화를 낼 때도, 지금 무슨무슨 생각을 하다 보니 남들이 이해할 수 없는 화를 내게 되었을 것이다……. 지금 생각해 보면, 내가 그때 그에게 관대했던 만큼 모든 사람들에 대해 이해심을 가질 수 있다면, 나는 벌써 성인군자가 되어 있을 수도 있을 것 같다.

어쨌거나 나는 그야말로 맹목적으로 그를 믿었고, 혼자서 꿈꾸었다. 그러면서도 내 그런 감정을 그가 알게 되면 그가 하려고 하는 많은 일들에 행여 요만한 혼란이라도 줄까 싶어 철저하게 시치미를 뗐다. 1년이 지난 뒤에 내가 눈물겨운 고백을 했을 때, 전혀 몰랐었노라고 황당해 하던 것을 생각하면 내가 얼마나 빈틈없이

'몰래한 사랑'을 했는지 스스로도 감탄이 된다.

3.

사실 내가 그를 두고 '사랑'이라는 것을 떠올린 것은 한참이나
지난 후였다. 이쁜 그림쯤으로 그 '옛사랑'을 간직하게 된 지금도,
그때를 생각하면 가슴속에 자잘한 물결이 인다.
　겨울이 물러가고 있었고, 여러 동아리가 함께 수련회를 갔을 때
의 일이다. 분과별로 장기자랑을 하는 시간이 있었는데, 우리 문예
분과의 앞에 나서서 열심히 CM송 개사곡을 준비했던 나는, 행사를
위해 모두가 모인 자리에서 그의 얼굴을 보는 순간부터 그만 허둥
대 버렸다. 어떻게 마쳤는지 모르게 장기자랑 시간을 끝마치고 나
의 허둥지둥했던 모습을 생각하며 죽을 상을 하고 있는데, 후배가
손을 잡아끌었다. 이야기 좀 하잔다. 그 후배와 나는 제일 조용한
방을 고른답시고, 일찍 곯아떨어지는 사람의 잠자리를 위해 비워
둔 방으로 들어갔다. 그렇게 늦은 시간이 아니었기 때문에 아무도
없을 줄 알았는데, 누군가 형편없이 널브러져 있었다. 그였다.
　회장으로서 동아리를 이끌어 가느라고 무척 힘들어 하고 있던
후배가 한참을 이야기하다기 화장실에 간다며 방을 나갔다. 취해
떨어진 그와 단둘이 남겨진 나는 속절없이 그를 쳐다보다가 걷어
차여진 이불을 제대로 덮어 줘야겠다는 생각을 했다. 이불을 덮어
주고 막 일어서려던 참이었다. 나는 무릎을 꿇고 주저앉아 버렸다.
그가 내 손을 잡은 것이다. 잡은 정도가 아니라 영 안 놓을 것처럼

움켜쥐고 있었다. 그러나 그는 잠든 채였다. 나쁜 꿈이라도 꾸는지 소리 없이 중얼거리고 있었다.

눈물이 날 것 같은 얼굴을 하고 그렇게 주저앉아, 처음으로 '사랑'이라는 말을 떠올렸다. 그것이 아주 구체적이다 싶게 가슴에 박히는 순간, 무슨 마음이었는지는 잘 모르겠지만 나는 그 손을 힘껏 떼어 내고 일어섰다. 그때 화장실에 갔던 후배가 돌아왔고, 나는 다시 태연하게 후배와 이야기를 나누었다.

4.

그날 이후 나는 그 앞에서 더 철저히 바보스러워졌다. 내 마음도 모르고, 수련회때 일도 기억을 못할 것이 틀림없는 그는 아마도 좀 당혹스러웠을 것이다.

끝까지 그렇게 몰래 사랑하려고 했던 결심을 바꿔서 그에게 고백을 해야겠다고 맘을 먹게 된 계기가 있었다. 머저리가 돼 본 적이 없는 사람은 어쩌면 이해할 수 없을지도 모른다.

내 소중한 후배가 머리에 직격탄을 맞고 뇌수술에 들어갔던 어느 날이었다. 부끄럽게도 나는 그때 내 후배가 꼭 죽어 버릴 것만 같은 약한 마음에 거의 까무라칠 지경이었다. 주위 사람들의 어떤 말도 내게 위로가 되지는 못했다. 그런데…… 후배들과 함께 초조하게 서성거리고 있던 수술실 밖 복도에 그가 나타났을 때, 믿기지 않을 만큼 안도감이 밀려왔다.

이제 됐어. 그 녀석은 죽지 않아.

물론 내 그런 믿음 때문은 아니겠지만 사경을 헤매던 내 후배는 건강하게 살아났고, 나는 그 후로도 오랫동안 그것이 마치 그의 덕분인 양 그가 그날 그 시간에 그 병실 복도에 나타나 준 것을 고마와했다.

그런데 문제가 생겼다. 내 후배는 의사들도 탄복할 만큼 빠르게 회복되어가는데, 이번에는 내가 죽을 것 같았다. 자꾸만 멍해져서 집중을 놓치고 아무 일도 할 수가 없었다. 마음엔 찬 바람이 쌩쌩 부는데 쓰잘데기 없이 공허한 수다만 늘고, 밤이면 나쁜 꿈을 꾸었다. 그래서 처음으로 나를 위해서 하는 일이라고 생각하며, 그에게 고백을 했다. 그는 도무지 나를 사랑할 수는 없었던 모양이다. 슬픈 일이었지만, 나는 마치 예상했던 것처럼 낙담하지는 않았다.

5.

좀 서먹하고, 좀 미안한 마음인 채로 여러 날이 지나갔고, 어느덧 나는 무언가를 깨달아 가고 있었다.

어느 날이었다. 가두투쟁을 마치면서 큰길 한복판에서 정리집회를 하고 있을 때였다. 철퍼덕 주저앉아 그날의 구호를 외치고 있는데, 누군가 내 옆에 와서 앉았다. 그였다. 그가 보일 때면 언제나 그랬듯이 나는 허둥거렸다. 내 머리 속에 오만가지 생각이 집을 지었다가 허물어졌다. 한참을 어색하게 그러고 있자니 화가 났다. 이게 무슨 짓이냐, 가시나야. 그러고도 한참 만에 나는 겨우 한마디를 내뱉었다.

두 마당. 머저리 연가

머저리 연가

"나, 머저리 같지?"

길지 않은 시간 동안 하도 잡다한 생각이 들쑥날쑥 했기 때문에 무슨 생각 끝에 그 말이 나왔는지는 지금도 모르겠다. 하지만 그것만은 분명해졌다. 이제 머저리 그만 하고 제자리 찾아가야지……

사랑을 하면 눈이 먼다. 멀쩡한 사람이 머저리가 된다. 예전의 나처럼 머저리가 되지 않고 사랑만 하려는 사람을 많이 본다. 그들에게 진심으로 충고하고 싶다. 사리분별도, 계산도 없는 그 깊은 구덩이에 풍덩 빠져 보라고. 그 구덩이를 파 가다 보면 관념의 사랑이 허물을 벗고, 눈부신 빛이 새로운 시력을 줄 거라고. 그 빛나는 눈으로 보는 세상은 무척 바빠져 있을 것이다. 나한테 언제 이렇게 할 일이 많았나 싶게 부산해질 테니까.

마른 들국화 한 송이

아직 한창 가을인데도 날이 갑자기 추워지더니 설악산에 눈이 오네 마네 한다. 첫눈, 겨울이면 지겹게 만나게 될 거면서 많은 사람들이 저마다 특별한 의미를 얹어서 괜시리 기다리곤 하는 이름이다. 아직 시월도 덜 끝난 이 가을에, 하늘이 좀 심상치 않다거나 바람이 으스스 부는 날이면 나 또한 은근히 첫눈을 생각한다. 어릴 적 봉숭아물이 손톱 끝에 아슬아슬하게 남아 있을 무렵에나 생각하던 것을 이렇게 일찍부터 설레게 기다리게 된 것은 한 따뜻한 친구 덕분이다.

2년 동안 동아리에서 함께 생활하다가 군대에 가 있는 친구가 있다. 동기들 중에서도 유독 부담 없고 푸근해서 괜히 의지가 되고 믿음이 가던 친구였다. 1학년 늦가을, 하늘은 찬 기운을 잔뜩 몰고 오는 회색빛이었으며, 외투 주머니에서 손을 빼기가 싫을 만큼 쌀쌀한 바람이 불던 날이었다. 거리투쟁을 나가던 길이었던가, 동아리 사람들과 함께 우우 몰려나가 학교 앞 네거리에서 신호등이 바뀌길 기다리고 있을 때였다. 횡단보도 건너편에는 바로 꽃집이 서 있었는데 무심히 앞을 보다가 갑자기 눈이 환해지는 것을 느꼈다. 웬 아가씨가 가슴에 가득 안고 나오는 하얀 국화무더기 때문이었다.

"아, 첫눈 오는 날 흰 국화를 딱 한 송이만 받았으면 좋겠다."

무심결에 뱉은 말이었기 때문에 중얼거린 것이라고 생각했는데, 옆에 서 있던 그 친구가 그 소릴 들었나 보다.

"국화? 좋았어. 해마다 첫눈 오는 날 내가 사 주지."

고맙게도 그 친구는 그렇게 말해 주었고, 나는 정말? 정말? 하며 몇 번이고 다짐을 받아 두었다.

한 달쯤 뒤에 첫눈이 왔다. 그런데 그 해 첫눈은 좀 요상했다. 비도 아닌 것이 눈도 아닌 것이 웬 얼음물 같은 게 주르륵거릴 뿐이었다. 벌써 그 약속을 잊어버리고 있었던 나는, 아침 나절에 그 친구가

"야, 이거 눈으로 쳐야 되냐, 말아야 되냐?"

하고 말했을 때에야 비로소 생각이 났다.

"글쎄……."

오후가 되어서야 그 주룩거리던 것이 눈이랑 비슷해져 가기 시작했다. 동아리방 창가에 앉아 창 밖의 것이 점점 고와지는 걸 보면서

'이건 분명히 눈인데…….'

하는 생각을 하고 있을 때, 방문이 왈칵 열렸다. 그리고 거기에는 청색 파카 어깨가 축축하게 젖어 있는 친구가 뒷짐을 지고 서 있었다. 녀석이 다가와서 손에 든 것을 내밀었다.

"자, 흰 국화……."

2학년 첫눈이 왔을 때에는 흰 소국 한 다발을 받았다. 그리고 그 겨울에 친구는 군에 입대를 했다.

3학년 한 해는 정신없이 지나갔다. 수서비리 사건, 경대의 죽음

에서부터 시작된 5월 투쟁, 통일 투쟁, 전시협정반대 투쟁…… 끊이지 않는 투쟁 속에서도 첫눈은 왔다. 광주에 첫눈이 내리고도 며칠이 지났을 때였다. 친구로부터 편지가 왔다.

"부대 뒷산에 이 꽃이 피기 시작할 때부터 봐 두었다. 오늘 이곳에 첫눈이 왔다……."

편지지 사이에는 곱게 말린 들국화가 한 송이 이쁘게 앉아 있었다. 첫눈이니 국화니 까맣게 잊고 있던 나는 눈물이 날 지경이었다.

우연치 않게 첫눈과 국화를 약속하게 된 그 친구에게 나는 매번 이렇게 감동을 선물받는다. 감동이라는 말도 적당치 않다. 그것은 신뢰고, 변치 않는 의리로 깊이깊이 새겨진다. 그래서 그 신뢰와 의리로 인해 생긴 기쁜 마음을 감추지 못하고 누구한테라도 얘기를 늘어놓곤 한다. 내 친구 중에 말이야, 이런 애가 있는데…….

친구의 그 고마움이 굵게 새겨질수록 마음 한 구석에는 부끄러운 마음이 커지는 것도 감출 수가 없다. 나는 얼마나 많은 약속들을 사소하다는 변명을 달고 잊어버리고도 미안한 마음조차 변변히 갖지 않았던가. 나한테 별 의미를 주지 못하는 일이거나, 큰일이 아닐 때는 요만한 변명거리만 생겨도 너무 쉽게, 당연하다는 듯이 약속을 어길 생각부터 하고…….

첫눈이 기다려진다. 남들보다 좀더 호들갑스러운 마음으로 그 반가운 손님이 기다려진다. 다시 올해의 첫눈이 오면 이번에는 어떤 모양으로 그 친구의 정성을 받게 될까. 내게 이 설레이고도 흐뭇한 기다림을 가져다 준 그 마른 들국화는 꽃술하나 다치지 않고 내 사진첩에 끼워져 있다.

찌르릉 찌르릉, 8시 15분

"오메, 8시! 큰일 났다."

며칠 전까지, 아침을 시작하는 내 머리 속에 떠오른 생각의 개시 구절이다.

내가 활동하고 있는 동아리에서는 매일 아침 수업에 들어가기 전에 얼굴을 보이고 가야 한다는 규칙을 정해 두고 있는데, 일테면 조회인 셈이다. 조회시간은 8시 30분.

벌떡 일어나 앉아 잠시 난감해 하다가 바지런히 등교준비를 한다. 아직은 조회를 시작할 시간이 아닌데도, 머리 속에서는 탁자 주위로 둘러앉은 동아리 식구들과 할딱이며 뛰어가고 있는 내 몰골이 오락가락하면서, 준비래야 눈꼽이나 떼 내는 고양이세수에, 안 하면 찝찝해서 빼먹을 수 없는 양치질만 후딱 해치우는 것인데도, 가방을 집어들면 어느새 8시 30분.

아아, 야속한 시계비눌이여!

가방을 들쳐 메고 뛰다시피 종종걸음을 쳐도, 20분은 걸려야 도착하는 동아리방까지 제시간에 도착할 길이 없다. 집이 학교에서 걸어다닐 수 있는 거리에 있어서 버스를 기다리며 동동거릴 필요가 없다는 것이 천만다행이긴 하지만, 조회가 끝나갈 무렵에 헛바닥이 늘어질 정도로 차오른 숨을 헐떡이며 고개 숙이고 방문을 열 때의 그 미안함과 기죽음. 30분만 일찍 일어나면 맛보지 않아도 될 그 순간의 씁쓸함이란……. 씁쓸한 기분은 아침에만 반짝하고 마는 것이 또 아니다. 아침시간을 정신없이 보내고 나면, 웬일인지 수업이든 뭐든 하루 일정이 반은 힘 빠지고 반은 제정신을 못 찾아먹는 꼴로 허둥지둥 굴러가고 만다. 그러니까 30분의 차이로 해서 온전한 하루의 틀이 흔들려 버리는 것이다.

그런데 왜 그 30분만 일찍 일어나는 일을 쉽게 못하는가.

그거야 원수 같은 잠귀신과 내 게으름이 으뜸의 원인이겠지만, 그것을 어지간히 인정한다 치더라도, 그래도 한마디쯤 변명을 하고 싶다.

문제는 너무나 오랫동안 길들여져 버린 내 고질병에 있다.

그 중의 한 가지는 무슨 일이든지 차분히 해야 할 일은 한밤중이 아니면 해내지 못하는 야행성 올빼미병이다. 또 다른 한 가지도 그것과 무관하지 않은 불면증 비슷한 것인데, 밤잠 없이 아침잠에 맛을 들여 온 습관은 많은 사람들이 골칫거리로 지니고 있지만, 내 경우는 좀 심하다. 그날 할 일을 마무리하는 것은 대충 두세 시면 끝이 나는데 그 시간부터 잠을 청하기 시작해서 보통 두 시간 정도는 뒤척거려야 간신히 잠이라는 놈을 잡을 수가 있는 것이다.

사정이 이쯤 되니 아침에 30분 일찍 일어나는 일이 말처럼 될 리가 없다. 겨우 든 단잠에 폭 절어 있다가 멈춰 있는 머리 속을 무언가 획 훑고 지나가는 느낌에 반짝 눈을 떴을 때, 마주 보이는 시계바늘 앞에서의 그 비참함, 아 비극.

내가 너무 구차스런 변명을 늘어놓았나 하는 부끄러움도 없지 않지만, 이렇게 부끄러운 지금까지의 생활 모습을 굳이 늘어놓는

찌르릉 찌르릉, 8시 15분

것은 엊그저께부터 조금씩 극복해 나가고 있는 뿌듯함에 대해 자랑을 하기 위해서이다.

며칠 전에 나는 내가 아침마다 느껴야 하는 절망에 대해 동아리 동기 한 사람과 심각하게 얘기를 나누었다. 그는 학번은 같으나 나보다 두 살이 위이고 그 며칠 전에 방위병을 제대한 오빠였다. 우연히 마주 앉아서 시작된 얘기였는데, 그 또한 군이라는 특수한 상황이 만들어 낸 조임에서 풀려나 갑자기 느슨해진 생활을 제대로 추스리지 못하는 것에 대해 고민하고 있었다.

우리는 아침이면 누구나 기지개 마음껏 켜고 일어나서 창문 활짝 열고 오늘 날씨가 어떨 것인가에 대해 잠시 생각도 해보고, 기분나면 음악도 한 가락 틀어 둘 수 있는 여유를 갖고 싶어한다는 데 동의를 했다. 거기에 용기를 얻어서 나는 내 변명과 더불어 아침의 괴로움에 대해서 매우 체념적으로 하소연을 했다.

주눅도 잔뜩 들고 영 헤어날 길이 없는 늪 속에 갇힌 것처럼 축 늘어진 내 이야기에 뜻밖에도 그는 내게 얼마간의 동정을 보낼 거라는 내 기대를 깨고 조용히 나무라기 시작했다.

"어떻게 길을 찾아 볼 생각은 안 했어?"

"무슨 길?"

"규칙적인 생활을 할 수 있는 길, 아니 니 경우는 정상적인 생활이라고 해야겠구나."

"길이 없던데……."

"왜 없어? 나는 어쩔 때 보면 우리들이 은근히 자기보호막을 쳐 두는 것같이 느껴져서 당황하게 되더라. 군에서 살면서 가끔 힘이 빠지는 게 그들이 너무 강해 보일 때야. 물리적인, 계급적인 강제력에 의해 쉽게 이루어지는 일들을 우리는 착착 못하고 있거든. 군에서야 남의 힘에 의해서 자신이 움직이게 되지만, 우리는 스스로의 힘이나 또 의지로 할 일들을 해 나가는 거잖아. 자기강제력이 약해. 너만 해도 지금 니 스스로와 어떻게 싸울 것인가 생각하기보다 조건을 불만스러워만 하고 있잖아? 너 스스로에 대해서도……사실은 우리 생활이 절대적으로 힘든 처지도 아니고, 우리가 늘상 말하는 엄마, 아부지, 노동자들만 뒤돌아봐도, 니가 한 말 다시 한 번 생각하게 되지 않겠냐?"

짧은 생각을 푹 찔러 들어오는 뜻밖의 말을 들은 나는 한 방 맞은 기분에 멍해졌다. 좀 야박하다는 생각도 없지 않았고, 부끄러운 마음에 대꾸할 생각도 안 들었다.

"근다고 얼이 빠지냐? 속 상해 하지 말고, 야, 우리 이렇게 해보믄 어떠냐?"

생뚱해 있는 내 무릎을 탁 치며 오빠가 나를 달랬다. 그리고 이어서 그는 아주 도전해 볼 만한 제안을 내놓았다.

오빠의 말은 그랬다.

며칠 전에 자전거를 하나 장만했다, 서로 집이 가까우니 학교에 가는 길에 태워 가겠다, 좀 넉넉히 잡아서 8시 15분에 골목에서 경적을 두 번 울리겠다, 기다리고 있다가 뛰어나와라, 그러다가 5분씩 10분씩 앞당겨서 아침시간을 벌어 보자.

듣고 보니 그렇게 하면 서로 은연중에 강제력도 작용을 하고 책임감도 생길 테니 해보는 게 어떨까 싶어 고개를 끄덕였다.

그날 저녁 나는 오빠의 말을 다시 한 번 되짚어 생각해 보고 혁신, 혁신, 생활 혁신! 이라는 말을 마음에 새겨 두었다. 새벽녘이면 잠결에 들려 오던 시골 부모님의 두런거리는 의논 소리도 생각이 나고, 일상적으로 듣던 건강한 생활력에 대한 이야기들도 되새겨

지르릉 지르릉, 8시 15분

졌다. 8시 15분을 지켜 보자. 잠들기 전에 나는 간단한 계산을 했다.

8시 15분이면, 눈을 떠서 세수를 하고 밥도 신경써서 챙겨 먹고, 이 닦고 옷 갈아입고 로션이라도 찍어 바르고 기다리려면 7시 20분에는 일어나야 될 성싶었다. 대신에 이틀에 한 번 머리를 감는 날은 20분 앞당겨 일어나고. 최소한 하루 수면시간을 다섯 시간은 유지해야 된다고 결정하고 두시를 넘겨서는 안되겠다 싶어 나름대로 계획표도 내었다. 두시 이전에는 반드시 잠을 청하는 시간으로 돌입할 것. 그러기 위해서는 최대한 초저녁 시간을 벌어야 되고 그러려면 우선 쓸데없이 밖에서 보내는 시간을 줄이고 귀가시간을 앞당길 것(반성의 자세로 돌아보니 괜한 기분에 노느라고 소비했던 시간도 많았다).

잠 안 오는 버릇을 고치려면 하루를 피곤하고 바쁘게 살 것, 오빠한테 절대로 칠칠맞은 동기가 되지 말 것 등.

그리고 첫 날.

언니의 흔들어 깨움과 자명종의 힘을 빌어 7시 30분에 일어나서 간신히 제시간에 대기(?)할 수 있었다. 오빠는 흐뭇한 미소를 지으며 정확한 시간에 도착했고.

자전거 뒷자리에 가방을 보듬고 앉아 여유 있게 학교를 향하는 기분. 아! 그 기분. 우선은 첫 날부터 약속을 지켜 냈다는 안도감에 가슴이 푸근해졌다. 아직은 쌀쌀한 바람 속에 파닥거리는 나뭇잎들이 반질반질 윤기 있어 보이고, 머리 위로 잔잔하게 내리는 아침햇살도 상큼했다.

어제도 나는 머리를 급하게 감느라고 소동을 좀 부리긴 했지만, 자전거 소리에 맞추어 대문을 나설 수 있었다.

둘 마당. 머저리 연가

사람이 여유를 갖는다는 것, 찾는다는 것, 만든다는 것.

생활을 가꾸고 꾸리고 개척한다는 것.

그것은 정말 자기 하기 나름인 듯싶다.

비록 내 고민을 소홀히 넘기지 않은 동아리 오빠의 도움이 있긴 했지만, 그리고 아직도 자랑스러운 기상시간은 아니지만, 내 아침 시간의 여유를 만들고 그로 인해 생활의 성실을 갖추게 된 이 기쁨을 나는 도저히 이야기하지 않을 수 없는 것이다.

우리식

　동아리 선배 중에 84학번인데도 아직 3학년에 다니고 있는 형이 있다. 굵직한 시국사건에 관계되어 퇴학을 당하고 다른 학교에 다시 입학을 했다가 한 교수님의 헌신적인 도움으로 복학을 했던, 좀 특별한 경로를 밟아 학교에 남게 된 선배이다.

　그 선배 남준이 형에 대해 생각나는 이야기를 하자면 사실 한두 마디로 정리하기란 너무 힘든 작업이다. 내가 입학을 했을 때는, 공대생인 형이 문학을 말하던 손으로 컴퓨터를 두드리기 시작했기 때문에 자주 얼굴 대할 기회가 없었음에도, 나는 형에 대해 꽤 많은 것을 알고 있다고 생각한다.

　우선 형은, 일단 첫인사를 했을 때 10점은 우습게 딸 수 있는 좋은 인상을 가지고 있다. 으흐흐 하는 괴이한 소리를 내며 한 번씩 웃을 때면 이마에서부터 양볼을 지나 턱까지 이어지는 주름이 동그라미를 그리게 되는데 그 모습을 한번 본 사람은 단번에 남준이 형이 얼마나 마음 좋은 사람일 것인가에 대해 의심치 않게 될 것이다.

　남준이 형을 떠올리다 보면 가장 자신 있게 그릴 수 있는 것이 묘하게도 형의 오른손이다. 그렇다고 손가락이 여섯 개라든가 손톱이 지독히 못생겼다든가 하는, 뭔가 인상에 남을 만한 손이라는 것은 아니다. 다만 남의 이야기를 들을 때면 으레 이마를 더듬어 올라간 손가락이 하염없이 머리칼을 빗어 넘기고 있기 때문에, 선배와 이야기를 하다 보면 시종일관 선배의 손가락에만 시선을 두게 되는 때문이다.

또 한 가지는 함께 걸어 본 사람이면 누구든지 보게 되는 어깨와 허리와 무릎을 부드럽게 이어서 꺾는 그 절묘한 3단계 다리병신 흉내이다. 이 기막힌 모습을 보이게 되는 때는 주로 신호등이 없는 대로를 건널 때인데, 달리는 차들을 향해 한 손을 들어 멈추라는 신호를 주면서 건너는 다리병신 형의 뒤만 잘 따라가면 아주 느긋하게 큰길을 건너도 운전자들한테 욕먹을 걱정 따위는 필요가 없다.

그러나 이 모든 것도 남준이 형의 가장 큰 매력을 말하지는 못한다. 내가 형에게 결정적으로 반한 것은 구체적인 논리는 없지만 이따금 한 번씩 힘주어 말하는 그 '우리식'이라는 주장을 들으면서부터이다.

참고로 말해 두자면 형의 입에서는 거의 '나'라는 말을 듣기 힘들다. 보통사람들이 쓰는 '나는 어쩌고', '내가 어쨌는데' 식의 말이 형에게서는 대부분 '우리'라는 말로 대체된다.

내가 대학이라는 문에 들어선 지 얼마 안되어서였다. 우연히 교정에서 만난 남준이 형과 다된 저녁에 시내에 나가게 되었다. 그날 나는 무슨 일인가 때문에 몹시 우울했고, 종일을 걸레 씹은 표정으로 지내면서도 어디 하나 해꼬지할 데를 못 찾던 참이었다. 눈치 빠른 남준이 형이 그런 내 심경을 헤아렸던지 영화를 보여 주겠다는 제안을 해 왔다. 까마득한 선배한테 공연히 폐를 끼치는 게 아닌가 하는 생각에 주저하긴 했지만, 남의 호의를 거절하는 데 서투르다는 것을 핑계삼아 따라 나서기로 했다. 그런데 6번 버스를 타고 막상 시내에 내려 보니 벽보판마다 형이나 나의 구미를 당기는 포스터는 한 장도 없었다.

"오메 우리는 저런 뜨근뜨근한 영화를 보믄 당최 딸꾹질이 나와싸서……."

한참 동안 대충 아무거나 하나 잡아서 볼 것인가, 아니면 달리 재미있는 일을 찾을 것인가를 궁리하던 우리는 마침내 의견통일을 보았다. 영화고 뭐고 집어치우고 모처럼 술이나 한잔 하자는 쪽에 도장을 찍고 만 것이다.

"우리는 뭐니뭐니해도 소주가 좋드라, 안 그냐?"

어떤 술을 마실 것인가의 차례까지는 나도 형의 생각에 절대 찬성이었다. 문제는 그 다음 차례에서 드러났다. 민속주점을 살짝 스치고, 동태찌게며 오징어볶음 같은 것을 안주로 파는 골목 귀퉁이 소주코너를 돌아서, 이쁜 지붕에 이쁜 이름을 가진 꼬치집도 지나고, 광주천변에 줄줄이 늘어선 포장마차도 못 본 체였다. 무조건 따르겠노라고 맡겨 둔 문제지만, 너무 많이 걸어서 뒤통수에 자꾸 미운 눈길을 꽂아대던 참에 드디어 형이 멈춰섰다. 그곳은 오히려 그냥 지나쳐 가고 싶은 광주공원 근처 지붕 낮은 족발집 앞이었다.

형은 이렇게 밋진 집을 알아 둔 것을 매우 자랑스럽게 생각하는 듯 당당하게, 파리똥이 무슨 무늬처럼 앉은 유리문을 밀고 들어갔지만, 나는 한참 동안 망설이지 않을 수 없었다. 나를 그 자리에 서게 한 것은 문 앞에 장작불을 안고 앉아 김을 푹푹 내고 있는 검고 커다란 가마솥과 그것에서 피어오르는 알 수 없는 냄새, 아니

두 마당. 머저리 연가

원래가 가리는 음식도 많을 뿐더러 생소한 냄새가 나는 모든 것들에 소름을 돋우는 내 얇은 비윗장 덕분이었다. 그러나 어쩌랴, 거기까지 따라가서 이런 데서는 못 먹겠노라고 뛰쳐나올 용기도 내게는 없었다. 코를 쥐어싸고 싶은 걸 간신히 참고, 땟물로 짜 놓은 것 같은 주렴을 피하느라 고개를 잔뜩 웅크린 채 안으로 들어섰다.

"뭐 묵을래? 뜨끈뜨끈한 선지국물에 우아한 곱창이나 씹을 거나?"

내가 자리에 앉자마자 형은 고개를 빼고 '형식적인' 동의를 구해 왔고, 대답도 기다리지 않고 '아짐'을 불러 큰소리로 주문을 했다. 하긴 대답할 기회가 있어 봤자였다. 그것들이 싫다고 해서 식용비닐도 아니고 진짜 돼지창자로 만든 순대국을 시킬 것인가, 애저탕을 시킬 것인가.

어쨌든 잠시 후에 우리 탁자에는 너무 많이 드린다는 말을 빼놓지 않은 주인 아줌마의 손으로부터 김이 모락모락 나는 곱창이라는 안주가 날라졌다. 그 괴상한 형상과 말 못할 냄새, 나는 그만 정신이 아찔해질 지경이었다. 그럼에도 불구하고 남준이 형은 혓바닥을 쓱쓱 돌려가며 '기가 막힌' 그 맛에 심취되어 있었다. 일부러 보란 듯이 곱창 쪼가리를 집은 젓가락을 코끝에 갖다 대며 쿵쿵대기까지 했다.

"돼지곱창에서는 역시 돼지똥내가 나야 제 맛이지. 똥내가 안 나믄 꼭 가짜 씹는 것 같애서 우리는 젓가락 그냥 놔 분다."

그러면서 내게 오늘의 기분나쁨에 관하여, 대학생활이라는 것에 관하여, 세상이라는 것에 대하여 끊임없이 질문을 하고 내 대답을 기다렸다. 나는 마지못해 한두 마디 생각나는 대로 얘기를 하긴 했

우 리 식

지만, 사실은 빨리 그 자리를 벗어나고 싶은 마음뿐이었다. 그러는 중에 형이 건배를 하자며 술잔을 들었고 나는 주저하며 잔을 들었다. 그러나 내키지 않아 하는 마음이 얼굴에 드러나지 않을 리 없었고, 마침내 형은 술잔을 쾅 내려놓으며 잔뜩 인상 쓴 얼굴로 나를 보았다.

"너 왜 그냐? 뭣이 못마땅한 거야?"

"예? 소… 속이 좀 안 좋아서."

불에 덴 듯 놀란 나는 얼결에 변명을 했고, 그때부터 내가 영 못 잊을 뼈아픈 훈계가 시작되었다.

"이런 데 처음이냐? 그래서 맘에 안 들어? 솔직히 내가 무작정 여기로 데리고 왔으니까 할 말은 없다마는, 근다고 니가 그렇게 생색을 내믄 쓰겠냐. 솔직히 말해서 우리는 냄새 좀 난다고 죽을 상 하고, 파리똥 좀 묻었다고 귀신 보듯 허는 사람들 보믄 꼭 나를 모욕하는 것 같애서 썽질 나부러. 이 썩은 냄새구덩이, 맛깔나고 때깔나는데 다 골라 내고 몸뚱아리에서 제일 천대받는 데만 지지고 볶으고 해 놨는디 오죽허겠냐? 그래도 우리는 여기가 제일 편하고 저기 저 아줌마들이 제일 존경스럽드라. 저 아줌마가 보통아줌마냐. 구린내 나는 거 씻고 다듬고 해서 사람이 먹게 만드는 일류 요리사여. 여기가 바로 우리가 진짜로 배우고 사는 데란 말이다. 니가 백날 책상에 앉아서 민중이 어떻고 삶이 어떻고 해봐라. 여기 와서 코 쥐이씨불믄 말짱 헛것이여. 우리가 진짜 배워야 할 것은 저렇게 바닥에 흥건히 고인 썩은 물 속에 살아도 무언가 만들어 내는 사람들의 생활이야. 우리는 요런 데서 마셔야 술 맛이 나제, 아무리 민족의 술 막걸리, 소주라고 광고하면서 팔아도 깔끄롬허니 해 놓고 향기 풀풀 피우는 데서는 우리는 거 술 못 묵겄드라."

둘 마당. 머저리 연가

　형은 얼굴을 딱딱하게 굳힌 채 두 팔로 커다란 제스처를 써 가며 타이르듯 하더니, 왠지 모르게 자꾸 얼굴이 빨개지고 주눅이 들어 가는 내 마음을 읽었던지 나중에는 예의 그 주름 가득한 웃는 얼굴이 되었다.

　나로 말하자면 원래 순간적으로 감동도 잘하고 설득도 잘 당하는 이들 중의 한 사람으로 자타가 공인하는 바이기 때문에 그 순간 형의 말에 완전히 뽕갔고, 지금까지도 다시는 곱창냄새 정도에 얼굴을 찌푸리지 않기 위해 적어도 노력만큼은 게을리 하지 않고 있다. 이런저런 얘기로 소주를 두어 병 비운 후에 자리에서 일어서면서 내 어깨를 토닥이던 형의 넉살도 생각난다.

　"니도 앞으로 곱창 먹는 것 좀 배워라. 그래야 이 담에 신랑하고 기분도 제대로 내 보고 그러지, 임마. 지금은 내 말이 아니꼬와도 머지 않아 나한테 감사할 날이 올 것이다. 그때 남준이 선배하고 그 집에 안 갔으믄 이 맛있는 곱창을 영영 못 먹어 볼 뻔했잖아, 하면서 말이다. 으히히."

　이 담에 신랑하고 기분도 제대로 못 내는 사건이 벌어질지, 아니면 진짜로 형한테 감사할 날이 올지 어쩔지 모르겠지만, 불행하게도 나는 '그 맛있는 것'을 아직까지는 맛본 적이 없다.

　아무튼 그 후로도 나는 형으로부터 사소한 일에서부터 '우리의 자세'에 대해서 배울 수 있었다. 우리가 일상 생활에서 쉽게 타협적이 되어 버리는 일들에 대해서 남준이 형은 여지없이 '우리식'을 꼬집어 냈다. 엊그제께도 나는 중요한 또 한 가지를 배웠다.

　TV나 장사치들이 온갖 분위기를 만들어 내니까 너나 없이 들떠서 기분파임을 전시하는 성탄전야였다. 이제는 어지간한 농담쯤은 대놓고 할 수 있을 만큼 친해진 남준이 형 자취방에 선배 둘과 함

께 찾아갔다. 들어서면서, 크리스마스라면 TV가 하루 종일 나오는
공휴일이라는 정도로밖에 생각 안 하는 푼수에도 아무 생각 없이
그저 조금 장난스럽게 말했다.
　"선배, 메리 크리스마스."
　그 소리에 남준이 형 정색을 하고 대뜸 하는 말,
　"어허, 우리는 고롱고 안 해야. 우리는 보통 이렇게 하지. 동지
잘 샜나?"

겨울, 복숭아밭에서 배우다

일전에 읽은 풍자적 소설의 한 단락이 생각난다.

TV의 토론프로에 출연한 각계의 명사들이 지역감정의 망국적 폐해에 대해 심각한 토론을 하고는, 녹화가 끝난 후에 각 출신지역별로 차에 나눠타고 뒷풀이 비슷한 것을 하러 찢어져 가는 부분이다.

소설을 쓰겠다고 작정한 후로는, 읽는 작품마다 감동이나 교훈을 깊이 새기는 것보다는 이 부분은 이런 점이 참 잘 되었다는 둥 못 되었다는 둥, 구성이 어떻고, 인물이 어떻고에 주의를 집중시키는 버릇이 생겼는데, 그 소설의 그 단락은 가끔씩 골똘히 우리의 모습을 뒤돌아보게 해주는 이야기 중의 하나이다.

우리는 종종 그 '명사'라는 사람들과 비슷한 태도를 보이고 있는 자신을 발견하게 된다. 어떤 토론시간이라든가 진지한 모임에서는 누구한테 질세라 자신의 대의적이고 진취적인 정신무장을 확인시킨다. 그러나 일상(개인적인 의미의)에 돌아와서는 너무나 쉽게, 잘못된 습관들과 타협해 버리는 경우가 많다. 반미를 말하던 사람의 가슴에서 큼지막한 대문자 영어를 발견할 때도 있고, 사람에 대한 올바른 자세를 얘기하던 입에서 사람을 믿지 못하고 무시하는 투의 말을 듣게 되기도 한다.

여성해방론자임을 자처하는 친구가 어머니를 종 부리듯 하는 아버지를 향해 한마디 항의도 못하기도 하고, 자주문화를 이야기하는 사람이 미찌꼬 차림을 하고 있는 자신의 친구에게 무관심하기도 한다. 그리고 이 땅의 많은 부모님들은 '옳은 것을 위해서 목숨을 바칠 줄도 알아야 한다'라고 알고 계시고 때로 상황에 따라 그렇게 말씀하기도 하시지만, 정작 당신의 아들이 옳은 것을 위해 나서는 것은 두려워하고 만류하신다.

사실은 나 또한 이 모든 경우를 한 번쯤은 범했었고, 몇 가지에 있어서는 여전히 실패하고 있다. 물론 무리 속에서는 떳떳하다가도 일상의 사소한 것들에 타협해 버리는 예들이 이것들만 있는 것은 아니다. 나한테는 얼마 전에 있었던, 참으로 부끄러운 기억이 또 한 가지 있다.

그날은 토요일이었고, 아침 일찍 후배 몇 명과 함께 문학학습을 마치고 모처럼 시골집에 내려갈 생각이었다. 나는 학습의 끄트머리에 무슨 명제처럼 그날 꼭 하고 싶은 말 몇 마디를 정리해 주곤 했는데, 그때 했던 말 중의 하나가 이런 거였다.

"모든 사람의 삶은 글이 된다. 그러므로 사람이 있는 곳이면 어디든지 찾아갈 준비가 되어 있어야 하고, 어떤 사람한테건 가까이 다가가기를 주저하지 말자. 사람은 더 나은 사람도 부족한 사람도 없는 거다. 각자의 자리가 다를 뿐."

꼭 이런 말이었는지는 모르겠지만 아무튼 나는 유쾌하게 학습을 끝내고, 초가을 상큼한 바람을 흐뭇해 하며 고등학생들이 몰려들기 전에 시외버스를 탈 요량으로 서둘러 터미널을 향했다. 차표를 사서 차 타는 데로 뛰어갔더니, 마침 사람을 다 실은 버스가 막 떠

둘 마당. 머저리 연가

나려는 참이었다.

버스가 한가함을 다행스럽게 여기며 통통 뛰어 버스에 오르고 보니, 선 사람은 없는데 빈자리 또한 없는 것 같았다. 일부러 정오 전 버스를 노리고 재촉해서 끝낸 학습도 나무랄 데 없이 잘되었고, 시내버스도 신호등 하나 안 걸리고 일사천리로 달려와 준데다가, 마치 나를 기다리고 있기라도 했던 듯 고마운 버스까지 나를 실망시키지 않았는데…… 기왕이면 창가 쪽이 좋으리라, 언제나 정겨운 들판의 풍경들, 창문을 살짝 열어 두면 더 좋겠지, 하는 즐거운 상상이 서서 가는 고통을 생각하는 것만으로 와르르 무너지고 있었다.

그래도 혹시나 하고 엉거주춤 뒤쪽으로 가자니까, 끝자리쯤에 안쪽에 앉았다가 창 쪽으로 옮겨 앉는 사람이 보였다. 나는 그날 나의 운좋음에 대해 대단히 만족스러워하며, 그 쪽으로 몸을 움직였다. 그러나 그 빈자리 앞에 척 선 순간, 상상이 무너지는 소리를 다시 한 번 들어야 했다. 그것은 상상의 무너짐 정도의 사치스런 불운이 아니라 파도처럼 밀려오는 당혹감이었고, 곧 이어진 것은 앉아 가는 고통과 서서 가는 고통, 둘 중의 하나를 선택해야 할 갈등의 순간이었다.

앉을 것인가 말 것인가. 자리는 분명히 비어 있다. 그런데도 내가 이런 선택의 기로에 서게 된 이유는 이런 것이다.

내가 만약에 그 자리에 앉기로 결정을 내렸을 때 내 옆에 앉아서 가게 될 사람, 즉 좀 전에 나를 위해 자리를 옮겨 앉은 사람의 몰골 때문이었다. 그런 것쯤으로 그런 괜한 고민을 하다니, 나도 참 유별난 사삭쟁이임은 부인할 길이 없지만, 그래도 그 사람에 대해 약간 설명을 하는 것이 변명은 될 것 같다.

겨울, 복숭아밭에서 배우다

우선 제일 먼저 눈에 띈 게 초가을의 상쾌한 날씨와는 도무지 어울리지 않는 검정색 외투였다. 모양과 색깔이 자유분방한 단추가 꼭 끼워진 외투는 사람이 외투에 파묻힐 듯이 컸고, 검정색임에도 불구하고 얼마나 오랫동안 세탁을 하지 않았는지가 눈에 보일 지경이었다.

거기다가 흰색과 검은색이 반반씩 섞여 있는 방 뜬 머리카락에, 도대체 언제 씻었을까 싶은 얼굴과, 넙적다리 위에서 연장그릇인 듯한 작은 나무상자를 보물처럼 쥐고 있는 두 손. 그뿐인가. 그의 온몸에서 나는 악취로 보아 몸 안 구석구석에 이 같은 걸 키우고 있을 게 틀림없었다. 실제로 그는 쉴 새 없이 몸을 비비 꼬아대고 있었다. 이쯤 되니 그 자리에 앉느니 차라리 서서 가겠다는 생각이 소름과 함께 돋아 왔다.

그러나 나는 그럴 선택의 자유가 없었다. 내가 망설이고 있다고 생각을 했던지, 몹시 지쳐 보이는 주름진 얼굴로 나를 쳐다본 그가
"앉어 가요, 아가씨이."
하고 누런 이빨을 드러내며 마치 선심이라도 쓰는 듯 친절을 베푼 때문이었다. 내 주제로, 그 순간에 마땅한 변명이란 지금 생각해 봐도 역시 없다.

이제 꼼짝없이 같이 앉아 가게 된 나는 엄마한테 이쁘게 보인답시고 차려입은 1년에 두 번이나 입을까 말까한 흰색 플레어 스커트가 행여나 낳을까 조바심을 치며, 풍겨오는 악취에 코를 막고 싶은 마음을 참으며 한 시간 반 동안이나 벌서는 아이처럼 꼿꼿하게 앉아 있어야 했다. 사람이 그렇게까지 비참해질 수 있는 여지가 지금까지도 널려 있는 이 땅의 현실에 대해 한없이 가슴 아파하면서
……

　지금 생각해 보면 그 순간에는 정말 '어떤 사람한테건 주저 없이 다가가라'는 말 따위는 완전히 까맣게 잊고 있었다. 나는 마치 내 신조인 것처럼, 절대로 어기지 않을 자신이 있는 것처럼 했던 말을 1시간도 지나기 전에 어기고 있었던 것이다.

　소설 이야기에서부터 부끄러운 고백까지를 장황하게 늘어놓은 것은 내가 본 한 가지 풍경에 대해 느낀 것을 얘기하고 싶어서이다. 누구나 흔하게 볼 수 있는 것이겠지마는 나는 그것을 광주에서 전주로 가는 도로가에서 여러 차례 보았다.

　그것이란 다름 아닌 겨울철에 앙상하게 잔가지들만 거느리고 있는 복숭아밭 풍경이다. 내 둘째 언니가 전주로 시집을 간 이유로 꽤 자주 그것에 대해 관찰을 할 수 있었는데, 나는 그것이 복숭아밭이라는 것을 알기 전부터 이 생각을 해 왔다.

　버스를 타고 가면서 보게 되는 멀리 펼쳐져 있는 복숭아나무들은 밑둥우리만 빼고는 온통 보라에 가까운 불그스름한 빛을 띠고 있다. 처음에는 뼈만 남은 가지들이 무슨 빛깔을 가지고 있나 신기해 했다. 그러나 밭에 가까와지면서 외따로 떨어져 있는 놈을 주시해 보면(버스가 지나가는 것은 순간이므로 정신을 바짝 차려야 한다) 그것은 여느 나무와 다름없이 쥐털색을 한 앙상한 겨울나무일 뿐임을 알 수 있다. 셀 수 없이 뻗쳐 있는 잔가지들이 겹치고 겹쳐 불그스레하게 보여지는 모양이었다. 이런 현상을 미술적인 용어로 무어라고 한다는 것을 들은 것도 같은데, 그 쪽에는 워낙에 깜깜이다.

　어쨌든 복숭아밭은 붉은 색을 띠고 있지만, 복숭아나무는 색깔이 없다. 부끄러운 기억 속에 서 있는 나도 혼자 떨어져 있는 복숭아나무가 아니었을까. 모여 있을 때면 마치 내가 내는 색깔인 양

101

겨울, 복숭아밭에서 배우다

덜 익은 말을 침 튀겨 가며 토해 내다가, 내 개인의 생활로 돌아가서는 색깔이고 뭐고를 감춰 버린 보잘것 없는 내가 되어 버리는
…….

　그렇다. 복숭아밭의 교훈은, 어딜 가든지, 어떠한 상황 속에 있든지 자기가 올곧게 익혀 놓은 색깔을 잃지 말고 일상에서 늘 그것을 확인하라는 말 없는 가르침이 아닌가 싶다.

모양이 다른 찻잔 두 개

내가 아주 어렸을 때 보았던 연속극의 한 장면이 생각난다.

국민학교도 들어가기 전인데도 아직까지 기억이 생생하다.

그때만 해도 나는 제대로 이해도 못하는 연속극이나 외국영화를 빼놓지 않고 보았던, 우리 언니들 말대로 '날 넘은' 아이였다.

그런 것들은 주로 밤늦게 했기 때문에 졸음에 겨워 비척비척하면서도, 재봉틀에 머리를 찧어 가면서까지 기어이 보아야 했다. 만약 하나라도 놓치는 날이면, 왜 날 깨우지 않았느냐고 투정을 부리면서 두고두고 '억울해' 했다.

연속극 제목은 생각나지 않는다. 이정길이하고 오미연이하고 또 한 여자가 나오는, 지금 생각하면 그렇고 그런 삼각관계 멜로드라마였다. 오미연은 버림받은 여자였고, 이정길은 가난한 그녀를 버리고 부잣집 외동딸에게 장가를 든 남자였다.

어느 날 여자의 자취방에 남자가 찾아왔다. 옛 애인이 문득 생각나 들른 것쯤 되었던 것 같다. 여자는 갑작스런 남자의 방문에 별로 놀라지도 않고 '앉으세요'라고 한다. 그리고 차를 끓여 온다.

그런데 찻잔이 달랐다. 그것도 약간 다른 정도가 아니고 모양이며 색깔이 완전히 다른 두 개의 찻잔에 차를 끓여 오는 것이었다.

자취살림에 모양 갖춘 찻잔이 없었던 모양이다.

"찻잔이 없어요."

눈을 내리깔고 여자는 조용히 말한다. 내가 아직까지 생생하게 기억하고 있는 대사이다. 사실 이 이야기를 하자니 좀 이상스럽긴 하다. 철이라도 들었을 때라면 모를까, 이쁘고 잘 생긴 탤런트들 얼굴이나 구경할 줄 알았던 나이에 보았던 이 평범한 장면이 어떻게 생생하게 기억이 날까.

어쨌든 오늘 나에게 새삼스레 옛날 연속극의 이 장면을 생각해 내게 한 것은 지금 연애를 하고 있는 선배 언니의 이야기 때문이었다.

언니로부터 오늘, 맨처음 그 형을 '이 사람이다'라고 생각하게 되었던 날의 이야기를 들었다. 언니가 형을 두번째 만났을 때 (첫 만남에서 언니를 아주 마음에 들어 한 형의 초대로) 형의 자취방에 따라가게 되었더란다. 형과 함께 방을 쓰는 친구와 인사를 나누고, 한참을 노닥거리다가 저녁식사 시간이 되었다.

"배고프지요."

형은 그릇들을 챙겨서 쌀을 씻으러 나갔다. 형의 자취방은 부엌이 따로 없어서 방에다 버너를 놓고 욕실에서 설겆이만 해다가 사는 형편이었다. 쌀을 씻어다 안치고, 있는 재료 없는 재료 훑어다가 부산히 찌개를 끓이고 무침을 하는 것을 보면서, 언니는 아무래도 뭔가 해야 할 것 같아서 팔을 걷어붙였다.

"놔 두세요. 오늘은 손님이니까 제가 해야죠."

그렇게 형이 마련한 식사를 하면서 언니는, '이 사람이다'라는 생각을 했다고 한다.

"나 같으면 그렇게 못해. 차라리 나가서 사먹이고 말지, 옆에 앉

두 마당. 머저리 연가

혀 두고 궁색스런 모습 보이겠어? 사실 처음에는 번거롭게만 생각되고, 그래, 말 그대로 참 궁색스럽다, 생각했지. 좀 그렇더라. 근데 이리저리 움직이면서도 짜증 한 번 안 내고 차분히 식사 준비를 하는데, 그것 참 묘했다고 해야 하나. 글쎄, 앞치마 두른 남자에게서 발견한 ‘자신감’이랄까.”

언니는 그날 그렇게 그 형에게서 ‘당당함’을 발견한 이후로 여지껏 열심히, 아주 잘 나가는 연애를 해 오고 있다.

전에는 ‘당당함’이라는 말을 그다지 좋아하지 않았다. 아니 오해를 하고 있었다. 갖출 것 다 갖춘 사람들이나 가지는 ‘자만심’이라든가 ‘잘난 척’ 정도로.

오늘은 비로소 진짜 ‘당당함’이 무엇인지도, 그것이 좋아할 만한 말이라는 것도 알게 되는 것 같다.

자신의 삶에 대한 자신감.

‘찻잔이 없네요’라고 말하며 자기를 버리고 간 남자 앞에 떳떳하게 짝짝이 찻잔을 내놓을 수 있는 그 여자의 자신감, 마음에 담은 여자 앞에서 구석구석 삶의 조각들을 보이며 식사를 마련한 형의 자신감. 삶에 대한 자신감이란 커피 광고나 옷 선전의 모델들처럼 미모나 멋진 차림이 아니라, 멋있는 행동, 말투가 아니라 바로 이런, 어디서나 누구 앞에서나 부끄럼 없이 자신과 자신의 생활을 내보일 수 있는 여유가 아닐까.

그것이 쉬운 일은 아닐 것이다.

자신의 생활을 찾아 오는 누구에게나 당당하게 보여 줄 수 있도록 생활의 구석구석을 다듬고 닦는 일은 ‘당당해야겠다’는 마음만으로 되는 것은 아닐 것이므로.

아량에 대하여

"처제, 오늘은 맥주 한 잔쯤 하고 들어와도 돼."

신촌으로 가는 버스에 올라서, 앉아서 가는 행운을 용케도 잡아낸 나는 집을 나올 때 나를 향해 한 쪽 눈을 찡긋해 보이던 형부의 말을 생각하면서, 마음이 흐뭇해졌다.

요며칠 나는 서울에 있는 큰언니집에 와 있는 중이다. 서른이 넘어서 늦공부를 시작한 언니가 학점을 위해 보름 예정으로 미국으로 날아가는 바람에, 형부와 여섯 살, 네 살 먹은 두 아이를 위해 살림을 해야 하는 십자가를 지게 된 것이다. 며칠 겪어 보니 가사라는 것이 정말 손에 물기 마를 짬도 없는데다가, TV에서 남녀가 뽀뽀하는 것만 나와도 질문을 퍼부어대는 나이의 아이들을 데리고 있자니 그야말로 감옥 생활이 따로 없다.

누구든 말 통하는 사람을 만나야 사는 것 같을 것인데, 자연히 내 얼굴이 시무룩한 얼굴이 되지 않을 수 없다. 그것을 안쓰러이 여긴 자상하신 우리 큰형부께서, 어젯밤 저녁 설겆이를 끝내고 차를 끓여 들여 갔더니, 내일은 토요일이니 친구도 만나고 그러라는 것이었다. 그렇잖아도 얼굴 좀 보자고 달달 볶아대는 친구의 전화질에 싱숭생숭하던 참이라, 저녁식사와 아이들을 형부에게 맡기고

두 마당. 머저리 연가

눈 딱 감고 일주일 만의 외출을 결심해 버렸다.

맥주 한 잔쯤은 해도 좋다고.

형부가 처제한테 그만한 배려 좀 해주었기로 무슨 마음이 흐뭇해지기까지 하지는 않을 것이다. 적어도 30대의 요즘 보통사람이라면 말이다. 하지만 우리 형부는 '보통'사람이 못 된다. 잘라서 말하면, 전기감전사고로 죽을 고비를 한 번 넘기면서 그 '주님'에 목을 매기 시작한 형부는 대신에 술 주자하고는 인연을 끊어 버리셨다. 맥주는커녕 정종 한 방울 넣은 기정떡 한 조각도 안 드신다.

저녁 6시 정확한 퇴근, 회사일과 교회일 외에는 가족밖에 모르시고, 담배는 물론 음담패설 한 토막도 귀에 담지 않으시니, 모르긴 해도 예수님 제자의 제자 축쯤에는 낄 수도 있을 것이다.

그런다고 형부가 자기 혼자만 잘하면 된다고 생각하는 사람인 것은 아니다. 형부 주변 사람들의 무절제한 생활(물론 형부의 기준에서)을 아시게 되면, 그 다음 식사시간에는 어김없이 그를 위한 기도가 한마디쯤, 아주 간절하게 들어간다.

그 대표적인 사람이 내 작은오빠인데, 미리 말하자면 우리 작은오빠야말로 세상살이 고단할 때 한잔 술도 찾을 줄 알고, 재미삼아 마누라하고 고스톱도 할 줄 아는, 가장 평범하고, '보통'적인 젊은이다. 그럼에도 불구하고 형부한테는 정말로 구제받아야 할 사람으로 취급받고 있으니, 가끔 내가 불쌍해 하기도 한다.

그런 형부가 처남도 아닌 막내 처제한테 맥주 한 잔을 허락하신 것이다. 그것도 내 간절한 부탁이 있었던 것도 아니고, 그야말로 자주적인 판단에 의해서.

사정이 이쯤되니 나야 맥주 한 잔에도 감지덕지 해야 할 형편인 것은 두말할 나위도 없다. 그런데 형부가 그만큼 양보(?)를 해주시

아량에 대하여

니까 말타면 종부리고 싶다는 속셈이었는지, 우리 성인군자 형부를 한번 떠보려는 심보였던지, 아뭏든 내 입에서는 대단한 말이 튀어나왔다.

"어쩌지요, 형부? 저는 소주 체질인데."

말을 뱉어 놓고 나서야 나는 내 용기에 감탄을 함과 동시에 곧바로 밀려오는 후회감을 맛보지 않을 수 없었다. 그런데 이게 웬일인가. 현관문을 짚은 손가락을 까딱거리며 잠시 심각한 표정을 짓더니, 형부의 근심스러운 목소리는 놀라운 말을 담고 있었다.

"그럼 어쩔 수 없지 뭐. 대신 많이는 안되. 젊은 아가씨가 추해 보여"

순간 나는 큰 충격을 느꼈지만, 마음과는 달리 가벼운 놀람을 표시하고는 집을 나섰다.

버스를 타고 가면서 나는 형부의 오늘 태도를 생각했고, 그것이 형부의 변화나 어떤 충격적인 사건을 말하는 것이 아니라 단지 형부의 "아량"인 것이라고 결론을 내렸다. 처음에는 그저 친구가 잡아끄는 곳이 주점이라고 해도 망설이지 않아도 될 가뿐함이었는데, 생각에 생각을 보태고 보태고 하다 보니 그것은 형부에 대한 존경심으로 또한 그런 형부를 그 동안 쫌생이, 꽉 막힌 사람으로 생각했던 것에 대한 반성으로 변해 있었다. 그리고 나중에는 '아량'이라는 것이 사람들 사이에 얼마나 중요하며, 또 형부와 같은 '아량' 있는 사람들이 얼마나 적은가에 대한 한탄으로까지 발전했다.

그런 생각을 하게 되는 것은 어쩌면 나처럼 자신의 너그러움이나 아량 없음을 한탄하거나 다른 사람의 처지나 입장을 이해 못하는 것에 대해 고민해 본 적이 있는 사람에 한해서인지도 모른다.

두 마당. 머저리 연가

정말로 생각하기 싫은 기억이지만 나는 이런 경험을 가지고 있다.

몇 달 전에 여고때 꽤나 절친했던 친구와 졸업을 하고는 처음으로 만난 자리에서 크게 다툴 뻔한 일이었다. 그 친구와는 볕좋고 바람 살랑거리는 오후면 싱숭생숭한 마음을 적어 편지를 주고 받기까지 하던 사이였다. 그런데 그 아이는 서울에서 재수를 한 끝에 나보다 1년을 늦게 학교를 간 때문에 졸업후에는 만날 기회를 만들지 못했던 것이다.

그때의 나로 말하자면 지금의 동아리에 들어와 살면서 세상의 옳고 그름에 대해 배운 것을 서투른 말발로 나불거리던 철부지였다. 더구나 그 즈음이 동아리 선배 한 분이 직격 최루탄에 맞아 턱뼈가 나가는 큰 부상을 입은 직후였기 때문에, 마음속은 대단한 분노로 차 있었고 감정 또한 예민해 있었다.

찻집에 앉아 한참 동안 얘기를 하다 보니 그 친구는 아주 성실하고 모범적인(?)여대생이 돼가고 있음을 느낄 수 있었다. 그 아이는 교양을 갖춘 어른이 되기 위한 준비로 서예학원을 다니고 있었고 회화테잎을 듣고 다녔다. 뿐만 아니라 학생들이 ‘무식하게’ 던져대는 화염병의 잔인성에 대해 분개하고 있었으며(물론 전경들이 최루탄을 그렇게 마구잡이로 쏘아대는 것도 잘못되긴 했다는 주를 달기는 했지만) ‘광주’를 이렇게 오랫동안 잊지 않고 있는 것은 어리석다는 의견을 내놓았다.

나는 발끈 화가 났고, 그래서 대뜸

“너 같은 애들 때문에 우리 선배 같은 사람이 괜히 불쌍해지는 거라니깐”

하고 씩씩하게 비웃어 주었다. 그때 그 애가 무슨 말을 더 달았더라면 어쩌면 나는 다시는 그 애를 안 볼 작정을 했을지도 모른다.

아 랑 에 대 하 여

110

두 마당. 머저리 연가

다행스럽게도 내 친구는 무슨 말인가를 중얼거리기만 했을 뿐,

　"애, 우리 다른 얘기하자"

하고 말머리를 돌렸다. 그 후로 나는 여름방학이 끝나갈 즈음 그 애로부터 전화를 받았고, 그때는 의견이 다른 것에 관해서는 한 마디도 하지 않은 채 고등학교 시절의 추억담에 히죽거리다가 헤어졌다. 그리고 지금까지 가끔 편지를 주고 받는 일만 계속해 오고 있다.

　내가 그 일을 후회하기 시작한 것은 그러고도 한참 후였다. 어느 날 문득 생각이 났는데 그때는 묘하게도 "그렇게 한 건 잘못이었어" 하는 생각이 드는 것이었다. 쉽게 말해서 나는 내가 술을 마시지 않는다고 해서 그 친구가 술을 먹는 것에 대해 대놓고 비난을 해댄 것이다. 나는 그때 그 애가 술을 먹는 것을 봐 주면서 기회를 틈타 술을 마시지 않는 것이 왜 좋은가에 대해 설명을 했어야 했다. 그래서 그 애가 술을 마실 때마다 내 말을 한 번쯤 생각하게 만들었어야 했다. 그랬다면 지금쯤 편지를 해도 술에 관한 이야기를 피해가는 것이 아니라 조심스럽게라도 내 견해를 몇 마디쯤 적을 수 있지 않을까.

　아뭏든 나는 형부에게 허락을 맡아 친구를 만난 그날, 주점에 앉긴 했지만, 생각했던 것처럼 가뿐한 마음이지는 않았다. 형부는 분명히 단서를 달았넌 것이다.

　"……많이는 안돼……"

이상할 것 없는 일

　사람들은 때로 보편적인 가치관에서 크게 벗어난 일이 아닌데도 자신이 가지고 있는 편견의 자로 재서 그 '별스럽지 않은 일'을 굉장히 특별한 일처럼 떠벌이는 경우가 있다. 사람은 자기 앞에 펼쳐져 있는 객관적인 조건을 자신의 처지와 실정에 맞게 배치시켜 낼 줄 아는 지혜를 가졌다. 그런데 그러한 사람들의 처지와 실정은 고려도 하지 않은 채로, 그 사람에게는 가장 적절한 일처리를 무슨 별나라에나 있을 법한 일쯤으로 오해한다. 나 또한 여러 차례 그런 실수를 했으며, 지금부터 그 중 한 가지를 이야기하려고 한다.

　지난 4월, 지자제 선거가 있던 날이었을 거다. 투표를 하기 위해 시골집에 내려가던 길에 버스에서 우연히 중학교 동창아이를 만났다. 중학교를 졸업하고 안양으로 일자리를 찾아 떠났던 친구였다. 한 6년 만인가. 뜻밖의 만남에 너무 반가워서 한참을 마주보고 웃기만 하다가 서로 살아가는 이야기를 하게 되었다. 나는 주로 학교에 다니는 이야기며 근래에 만났던 동창들 이야기를 했고, 그 친구는 공장생활 이야기와 지금 연락이 되고 있는 노동자가 된 친구들 이야기를 들려주었다.

　"넌 시집 안 가니?"

느닷없이 친구가 물어 왔다.

"얘는—— 시집은 무슨 시집이냐? 나이가 몇인데——"

나하고는 거리가 먼 이야긴데 어째 너무 자연스럽게 나온다 싶어, 속으로 웃음이 나오려고 했다.

"나이가 몇이냐니, 이 기집애야. 하긴 넌 졸업도 하고 뭐 그래야겠지만 나이로 따지면 뭐 빠른 것도 아니야. 너, 명희 기억나지? 걔도 다음 달에 식 올려."

"히잉? 진짜?"

"진짜가 다 뭐니? 벌써 애가 둘인데…… 큰애가 유치원에 다녀."

띠웅, 이건 정말 특보다. 그 순간 내가 생각한 건 '내가 이 이야기를 친구들한테 하면 아마 놀라 자빠질 거다'였다.

얘기를 자세히 들어 보니, 명희는 중학교를 졸업하고 바로 부산에 있는 신발공장에 들어갔는데 거기서 한 성실한 노동자를 만나 사귀었다. 명희의 '애인'은 고아였는데, 결혼까지 약속이 되자 어차피 둘 다 자취살림에 합하는 게 낫겠다 싶어 단칸방에 살림을 시작했단다. 둘이서 열심히 일해서 지금은 어떻게 전세방을 마련하고 여섯 살짜리 큰애하고 두 살짜리 딸을 아주아주 잘 키우고 있단다.

세상에, 명희가—— 조그만 키, 동글동글한 얼굴, 다리가 통통해서 치마를 안 입던 명희…… 노래는 아는 것도 많고 잘 부르기도 했는데, 특히 '님 주신 밤에 씨이 뿌렸네——'를 잘 뽑아 내던 아아 그래, 내 친구 명희가 두 아이의 엄마가 되어 있단다.

그 이후로 나는 틈만 나면 내 친구들한테 명희 얘기를 했다.

"야, 정말 우리 뭘 하고 있냐. 내 친군 아들이 유치원에 다닌다

이상할 것 없는 일

는데——.”

　그러면 친구들은 십중팔구 귀를 의심하며 ‘정말?’을 연발했다. 그리고는 지금 생각해 보면 명희한테 대단히 실례가 될 수도 있는 말들로 화제를 삼았다. 가령, 어린 나이에 애기 낳느라고 고생 꽤나 했겠다는 둥, 우린 아직도 학생인데 친구는 학부형이 돼 있다는 둥——.

　어쨌거나 내 친구 명희의 이야기가 확실히 좀 놀라운 일이기는 한 모양으로, 듣는 사람들마다 눈이 휘둥그래져서는 흥미로와 했다.

　그러나 나는 오늘부터, 아니 어제 저녁부터는 그 일이 이상한 일도 무슨 흥미거릴 삼을 일도 아니라는 것을 깨닫게 되었다. 어제 저녁, 시골에 내려가는 버스 속에서 다른 사람 아닌 바로 두 살짜리 계집아이를 안고 있는 명희를 만나고 나서부터이다.

　버스를 타기 위해 줄을 서고 있을 때였다. 내 앞에 뒤로 질겅 묶은 긴 파마 머리에 양손에 잔뜩 짐을 든 아주머니가 서 있었는데, 자세히 보니 앞쪽으로는 멜빵에 아이가 대롱거리고 있었다. 너무 힘들어 보이길래 짐을 들어 주려고 다가갔는데, 낯이 몹시 익었다. 먼저 알아본 것은 명희였다.

　“어머나, 이렇게 만날 수도 있나.”

　몹시 반가워 하는 명희의 말에는 부산 말씨가 약간 섞여 있어서 묘한 느낌을 주었다. 친정 엄마가 편찮으셔서 뵈러간다는 말을 할 때까지는 말 그대로 묘한 느낌이었다. 그러나 나란히 앉아 가면서 이런저런 얘기를 나누는 동안에 그런 느낌은 점점 사라지고 있었다.

　명희는 거리낌도 어색함도 없이 아주 오랫만에 만난 나에게 많은 얘기를 들려주었다. 연애 도중에 애기 아빠가 심하게 아팠기 때문에, 좀 이르다 싶으면서도 그 사람 살릴 사람은 자기밖에 없다는 생각으로 무조건 동거에 들어갔다는 얘기며, 열일곱 살 어린 나이에 임신이라는 걸 알았을 때 갈등하던 얘기며, 주변의 충고를 뿌리치고 고집스럽게 낳았더니 제법 엄말 이해해 주는 착한 아이로 커 간다는 얘기——.

　나라면 어떻게 했을까. 쉽게 말하기 힘든 이야기를 감추지 않는 내 친구 명희의 얘기를 들으면서 내내 나는 그 생각을 하고 있었다. 어쩌면 명희는 자기를 특별하게 보려는 사람들 모두에게 설명하고 싶은 건지도 몰랐다. 나는 이런 상황 속에서 이렇게 어린 엄마가 되었노라고. 그 설명을 반성하는 마음으로 듣고 있는 내 옆에서, 명희는 보채는 아이에게 우유병을 물리며 정말 노련한 애기 엄마로, 그러나 별로 이상할 것 없는 내 친구로 그렇게 앉아 있었다.

이상할 것 없는 일

기성복 같은 멋, 맞춤옷 같은 멋

나는 사람한테 잘 반한다.

썩 잘 어울리는 옷을 차려 입은 사람한테도 반하고, 미친 듯이 일에 몰두해 있는 사람한테도 반한다. 부당하다고 생각될 때 소리 높여 삿대질을 하는 사람한테도, 비아냥거리는 말투를 듣고는 화내지 않고도 유연하게 그 사람 콧대를 꺾어 버리는 사람한테도, 나는 아주아주 헤프게 반한다. 내가 반할 만한 사람을 만날 때면 으례 첫마디가 '아, 멋있다'이다.

한때는 그런 사람들을 보면, 나도 배워서 멋있어져야지 하는 생각을 했다. 그러나 아무리 배우려고 해도 잘 배워지지 않았고, 또 절대 멋있어지지 않았다. 이유가 뭘까. 오랫동안 말 못할 고민거리(?)였지만, 답을 얻을 수 없었다. 내가 그 답을 발견한 것은 어처구니없게도 내 스스로 멋있어지려는 노력을 포기한 뒤였다. 그 답이란 '그의 멋은 그대로 내 멋이 되지 않는다'라는 거였다.

사람은 그가 '사람'이라는 것, 그리고 한두 가지, 혹은 몇 가지 구석을 빼고는 누구나 다 다르다. 그렇기 때문에 그 사람들 사이에서 '멋있는' 그 점만을 배워서는 절대로 자기 멋이 될 수 없다. 그 사람한테는 그 사람만의 멋이 있는 것이다. 그것 또한 살아가는 방식 속에서 자연스럽게 생겨나는 것이지 절대로 꾸민다고 되는 것이 아니다.

이제 와서 얘기하자니 쑥스러운 고백이지만, 참 절망스럽기도 했었다. 나는 누구누구처럼 분위기 있는 외모를 가지지도 못했고, 누구누구처럼 맘에 쏙 드는 미소나 말재주를 가지지도 못했다. 그렇다면 나는 멋있어질 수 없는 것인가. 내가 멋있다고 반하는 사람은 이렇게 많고도 많은데……

뜻밖에도, 아니 다행스럽게도 그것은 그렇지 않았다. 무심히 지나쳐 버려서 그렇지, 아주 가끔이지만 아는 사람들로부터

"이야, 멋있었어!"

하는 투의 말을 나 또한 듣곤 하니까.

이즈음, 가수 누구누구의 옷차림이 시내에 가득하다네, 드라마에서 나온 누구누구 형의 머리가 유행을 한다네, 혹은 영화 속에서 어느 '스타'가 담배 피우는 모습이 멋있어서 꼭 그 담배를 꼭 그렇게 피운다네, 하는 얘기를 들으면 안타깝기 짝이 없다. 나도 전에 내가 존경하는 한 작가가 글을 쓸 때는 꼭 스탠드를 켜고 쓴다는 말을 듣고 눈 나빠지는 줄도 모르고 스탠드 불빛을 고집한 적이 있고, 정결하게 앉아서 붓글씨를 쓰는 모 음악가의 사진을 잡지에서 보고, 바쁜 일이 많았던 시기임에도 불구하고 당장 서예도구를 사다가 며칠도 못 가 포기하고 말았던 경험도 있다.

비유될 수 있는 예인지는 모르겠지만, 어쨌든 나는 그 비슷한 몇 가지 경험들을 통해 걸맞지 않게 남 흉내내는 일이 얼마나 어리석은 짓인지를 깨달았다. 거리에 나섰는데 자기랑 같은 옷을 입은 사람 천지일때, 조금 기분이 나빠지지 않는지 모르겠다.

요즘 무슨무슨 류가 유행을 한다니까 나는 절대로 그런 류는 안

기성복 같은 멋, 맞춤옷 같은 멋

따라가야지, 하고 제멋을 챙겨 보는 것은 어떨까? 저 사람은 저래서 멋있지만, 나는 이래서 멋있을 수 있다고 자신해 보는 것은 또 어떨까?

내가 없었어 봐

어렸을 때 나는 '주워 온 아이' 였다.

한참 말썽장이일 때 누구나 한번쯤 들어 봤음직한 소리지만, 나만큼 오랫동안, 여러 사람한테 그 놀림을 받았던 사람도 드물 것이다. 할아버지, 할머니까지 계신데다가 육남매씩이나 되는 형제 중의 막내여서인지, 사춘기를 맞을 때까지 온식구들한테서 아주 이름처럼 듣고 살았다. 그냥 '주워 온 아이'도 아니고 아주 구체적으로 '갈치장수 딸내미'였다는 전적까지 붙여져 있었다. 장이 설 때마다 찾아드는 과부 갈치장수 큰딸이었는데, 장마다 두 딸을 다 데리고 다니기가 귀찮아서 그 중 못생긴 아이를 당산나무 밑에 버리고 간 것을 엄마가 주워 왔다는 것이다. 식구들이 모여 앉으면 심심찮게 되풀이되는 얘기였는데, 나를 가운데 두고 돌아가면서 한마디씩 보태는 이야기가 어찌나 진짜 같은지, 그때마다 벽을 차며 울었던 기억이 난다. 아마도 즉석에서 만들어진 우리 식구들의 공동 창작물일 그 이야기는, 편식장이였던 내가 갈치만은 무척 잘 먹어서 지어진 것 같다.

주워 온 아이하고는 다르지만, 그 이야기만큼 나를 슬프게 했던 '출생의 비밀' 이야기가 또 한 가지가 있다.

살림 밑천 딸내미가 셋에다가 대를 이을 아들도 둘씩이나 낳았으니, 엄마는 맏며느리 역할을 다 했다고 생각했던 모양이다. 다섯째인 둘째 오빠를 낳고 나서, 엄마는 바로 애 못 낳는 수술을 하셨단다. 그런데 변고가 생겼다. 그 무슨 운명의 장난 같은 것은 아닐 테고, 아마도 시골 의사의 수술 솜씨가 시원찮았던 때문일 게다. 내 부모님께서는 그즈음 많이 쇠약해지신 엄마를 위해서 낳지 않는 게 좋겠다고 마음을 먹었단다. 다행히도 천륜을 어길 수 없다는 할아버지의 엄명이 떨어져서 내가 이렇게 빛을 보게 되었지만, 정말 어쩔 뻔 했는가. 그 생각을 하면 그때의 나는 내가 아니고 그냥 다른 어린아이이기라도 한 것처럼, 사람도 덜 된 그때의 그 아이가 가여워서 죽겠다. 그뿐이 아니다. 지독한 난산이어서 여섯 아이 중 유일하게 의사를 불러다가 낳기까지 해서, 자라면서 내내 할머니로부터 '돈 들여 낳은 아이'라는 미운소리를 들어야 했다.

10살도 되기 전에 이 이야기를 전해들은 나는 무척 상심했다. 슬프고 기막혀서, '주워 온 아이'라고 놀림받을 때보다 더 서럽게 울었다. 그런 사연을 알고 난 뒤부터는, 가끔 식구들한테 야단을 맞을 때 잘못한 것보다 더 주눅이 들어야 했는데, 그런 내가 어느 날 대단히 뻐길 수 있게 되었다. '자기 존재의 기쁨'을 느낀 최초의 경험이랄까?

국민학교 3학년때였던 것 같다.

그때 우리 마을에서는 '반하'라고 하는 풀뿌리를 캐는 것이 유행이었다. 한약재로 쓰이는 것으로, 감나무잎 모양의 이파리 하나에 콩나물대 같은 줄기를 가진 풀이었다. 그 잎을 찾아 호미나 칼끝으로 조심스럽게 파들어 가면 콩알처럼 동그랗고 작은 뿌리가 나오는데, 그것이 돈이 되는 것이었다. 어느 밭에나 널려 있는 쇠뜨기

두 마당. 머저리 연가

나 억새풀처럼 흔한 것이었기 때문에, 밭매는 아줌마들도 틈틈히 모아 팔곤 했는데, 이상하게도 아직껏 내 고향사람 이외에 반하를 알고 있는 사람을 만나지 못했다.

한 번은 동네 아이들과 합동으로 반하를 캐기로 했다. 우리는 그것을 많이 팔아서 조그만 밭을 살 맹랑한 꿈까지 갖고 있었다. 누가 게으름을 피우지 않나 서로 감시해 가며 부지런히 캐다가, 논물에 씻어 내고, 껍질을 벗기고, 정성스레 말렸다. 그러나 여름 내내 그렇게 열심히 했건만도 팔 수 있을 만치 잘 말려졌을 때는 데친 야채처럼 형편없이 부피가 줄어 버려서 우리를 실망시켰다. 일찌감치 '우리들의 밭'을 갖는 것을 포기해 버린 우리는, 한약방 할아버지가 돈을 쥐어주자마자 똑같이 나누어 갖고 말았다.

이걸로 무얼 할까. 비록 우리 아이들만의 조그만 밭에 야채를 심고 가꾸는 꿈은 깨어졌지만, 생전 처음 내 손으로 번 돈으로 무얼 할까를 고민하는 것은 몹시 흥분되는 일이었다.

장이 서던 날, 시장을 몇 번이나 돌아다닌 뒤에야 결정을 하였다. 고기를 사서 엄마한테 갖다 드리자. 어떻게 그렇게 기특한 생각을 했는지 모르겠지만, 어쨌든 나는 풀빵을 열 개 사먹을 돈만 남기고 시장에서 제일 싼 생선을 샀다. 아직까지도 표준 이름은 모르겠고, 우리 시골에서는 '되미'라고 부르던 생선이었는데, 돈이 얼마나 되었던지는 기억이 잘 안 나지만 있는 걸 몽땅 내밀었더니 한아름을 안겨 주었다.

"갈치장수 딸이 어째 갈치를 안 사고 되미를 샀대?"

대견해 할 줄 알았더니 재밌다고 웃기만 하는 식구들 때문에 잔뜩 부어 있는데, 오빠가 놀려대기 시작했다. 나는 너무 분해서 울지 않으려고 씩씩거리기만 했다. 엄마가 내 마음을 알아채고, 한마디 하셨다.

"그런 소리 마라. 막둥이 없었으믄, 느그가 오늘 저녁에 고기 구경을 했겄냐?"

그제서야 나는 분이 풀렸다. 분이 풀렸을 뿐만 아니라 마음껏 으시대며 저녁밥을 맛있게 먹을 수 있었다. 내가 너무나 자랑스러웠다.

자라면서, 어떤 중요한 일을 만났을 때 중요한 몫을 해서 주위 사람들한테

"아이고, 얘 없었으면 어쩔 뻔했냐? 큰일 했다."
하는 소리를 듣는 사람을 보면 몹시 부러웠다. 나도 그런 중요한 몫을 해서 그런 칭찬을 듣고 싶었다. 하지만, 나는 그런 소리를 들을 일을 별로 못했고, 대신에 나 혼자 내가 한 일에 칭찬을 해보곤 한다. 근래의 예를 들면 이런 경우다.

농활 가서 까마득히 긴 밭을 매고 났을 때, 내가 없었으면 이 긴 고랑을 나눠서 매느라 쟤들이 얼마나 힘들었을까, 괜히 기분 좋아했던 기억. 고민이 깊은 후배에게 내 말이 도움이 되었다는 감사의 말을 들었을 때, 내가 세상에 이렇게 나와 있는 것이 얼마나 다행스러운지 모른다고 생각했던 기억……

사실, 스스로 그런 말을 하기에는 내가 할 수 있는 일이 너무나 작아 부끄럽기도 하지만, 다른 많은 사람들이 이렇게 말하고 산다면 좀 덜 부끄러울 것 같다.

"내가 없었나 봐. 세상 굴러가는 것이 얼마나 팍팍하겠냐?"

세 마당. 날씨 따뜻하니까
        식민지 아닌 것 같죠

거식아, 거시기, 거시기에 있냐

작명

날씨 따뜻하니까 식민지 아닌 것 같죠

데모! 데모!

유리를 보호합시다

민강이에게

서글픈 일 하나

날보고 은퇴를 하라고?

원망의 철창으로 다시 돌아간대도

불심검문 시대의 비가

민족 전대 잘 있소?

거식아, 거시기, 거시기에 있냐

동아리방에서 얌전히 앉아서 책을 보고 있던 친구가, 갑자기 눈이 동그래지며 자리에서 벌떡 일어난다. 얼굴이 천천히 구겨진다.

"거식아, 거시기, 거시기에 있냐?"

둘러앉아서 책을 보다가 제녀석 하는 꼴을 쳐다보고 있던 몇 사람 중에 누구에게인지도 모르게, 녀석이 정신없이 하는 말이다.

"그래, 거기 있어."

다른 아이들은 그냥 다시 책을 보고, 나는 턱으로 가방을 가리켜 주고 다시 책에다 코를 박는다. 친구는 내 가방에서 화장지를 빼들고 문을 박차고 나간다. 곁눈질로 그 꼴을 보고 나서 생각해 보니 참 우습다.

거식아, 거시기, 거시기에 있냐? 짜식, 어지간히 급했나 보네. 근데, 나도 웃기지. 거시기는 귀신도 모른다는데, 얼굴만 보고 어떻게 나한테서 화장지 찾는 줄을 알았을까?

순간적으로 왔다 가는 일이라서 무심히 지나치는데, 사실은 이런 일이 꽤 있다. 빗나가는 때가 아주 없는 것은 아니지만, 느닷없이 이렇게 못 알아먹게 말을 해도 어떻게 다 해결이 된다. '거시기 좀 줘' 하면 그 거시기가 책인지, 펜인지, 먹을 건지 알 턱이 없는

데도 책이면 책, 펜이면 펜, 서로가 찾는 것을 척척 갖다대게 되는 것이다. 같은 동아리에서 한솥밥 몇 년 먹었다고 마음이 그렇게 통해 버리는 걸까?

"얘들아, 참 우습지?"

하면서 같이 책을 보던 아이들한테 그 얘기를 꺼냈더니, 그 새에 또 장난을 시작한다. '그거' 좀 줘 보라는 둥, 내일 거시기 좀 갖다 달라는 둥, 서로 애정을 확인하겠다고 난리다. 그러더니 화장지를 구겨들고 나갔던 친구놈이 들어오자 한 녀석이 대뜸 말한다.

"거식아, 거시기 잘 했냐?"

대답하는 놈 왈,

"그래, 임마. 똥 잘 쌌다."

작명

　5월 5일은 어린이날이다. 어린이날이 '너희들날' 돼 버린 지가 오래인 터에 새삼스레 그날을 찾자는 것은 아니고, 해마다 5월 5일에 갖는 한 뜻깊은 행사를 소개하려고 한다.

　우리 동아리에서는 매년 5월 5일을 끼워서 수련회를 간다. 특별한 뜻이 있는 것은 아니다. 있다면 그날이 부담없이 '쉬는 날'이라는 것뿐이다.

　우리 동아리 수련회의 꽃은, 한밤에 모닥불을 사이에 두고 치르는 신입생 '작명식'이다. 작명식, 쉽게 말해 이름을 짓는 의식이다.

　"저는요, ××라고 했으믄 좋겠어요. 그 뜻은……"

　자기 차례가 되면 그 동안 심사숙고해서 생각해 온, 혹은 머리 잘 굴러가는 선배나 친구한테 뇌물까지 주고 졸라서 받아 온 이름을 발표한다. 그러나 그것은 어디까지나 이 이름으로 불러 주십사 하는 희망사항이다. 일단 본인 의사가 알려지면 사람들 사이에서는 의견이 분분하다.

　"아야, 글지 말고 니는 '아지'라고 하는 것이 어쩌냐? 성까지 합해서 바가지……"

　놀리기도 하고, 요모조모 묻기도 하다가, 본인이 낸 이름이 제일 어울린다 싶으면 좋은 것이고, 아니면 몇 가지 나온 이름들 중에서 거수를 해서 결정한다. 이름이 일단 결정되면,

"××야(짝짝), ××야(짝짝), 사랑하는 ××야~"

라는 노래를 두 번 반복해 불러 줌으로써 통과가 된다. 그 순간부터 그는, 적어도 동아리 안에서는 그 이름으로 불려지게 되는 것이다.

고아들도 아니고, 이름이 순자나 민자도 아닌데 새삼스레 무슨 작명식이 필요할까 싶기도 할 것이다. 사실 동아리에서 따로 부를 이름을 짓는 일은 실용적으로 보자면 지금은 별 쓸모가 없는 짓이다. 옛날 70, 80년대 선배들이 늘 감시와 수배에 시달리다 보니 보안의식에서 생겨난 것이 이 작명이라고 한다. 그랬던 것이 전통처럼 되어서 지금은 호기심 반, 재미 반으로 이름을 짓는 것이다. 어떤 선배들은 그 이름을 사회에까지 가지고 나가 '필명'으로 사용하기도 한다.

어쨌든 그렇게 해서 많은 이름들이 탄생했다. 최루탄, 박격포, 신나라, 유부남처럼 성까지 붙여서 재미있게 부르는 이름들이 있는가 하면, 그 사람을 특징적으로 말할 수 있는 성격들로 지은 이름들도 있다. 눕기만 하면 잔다고 자동인형 '자인'이, 구르지 않아서 이끼낀 돌 '청석이', 꾀 잘 부리는 '꾀돌이', 따발따발 말 많은 '다발이', 눈이 도끼날 같아서 전라도 말로 '도치', 기똥찬 남자 '기친이', 오모조목 이쁜 '오목이'……

이런 이름들은 마치 별명처럼 쉽게 기억이 되어 사랑을 많이 받는다. 그 중에는 똘똘하다고 '똘이'라고 지었다가 가끔 떨떨한 행동을 하니까 '떨이'라고 부르게 된 친구도 있다. 그와 반대로 '강쇠'라고, 음담패설도 잘하고 명랑한 선배가 있는데, 사실 그 선배가 전

에는 수줍음이 많고 늘 의기소침해서 반어적으로 그렇게 지었다고
한다. 그래서 선배들은 종종 강쇠 선배가 그렇게 씩씩해진 것은 순
전히 이름 덕분이라며 놀리곤 한다.

그런가 하면 또, 이런 의미심장한 이름들도 있다. 세상의 향기
'세향이', 지리산 빨치산을 줄여서 '지산이', 민족, 민중, 민주 승리
'민승이', 붉은 사랑의 '정아', 민주 강아지 '민강이', 저 푸른 들판의
'솔이', 진달래와 유채꽃 '진유'…….

이름은 사람들과의 관계에서 어떤 약속이고 책임이 되기도 한
다. 어떤 종류의 이름을 가졌건 우리는 한결같이 자작한, 혹은 친
구들이 지어 준 이 이름을 사랑한다. 그리고 그 이름들에 부끄럽지
않게 성실하고자 노력한다.

올해도 우리 동아리방에는 하비와 누리와 청아와 강한이가 이름
을 얻었다. 태어날 때 가졌던 이름들이 자기 의사와 상관없이 부모
님들의 자식에 대한 소망을 담았다면, 인생의 새로운 시작인 청춘
시절, 자신과 벗들의 사랑과 각오를 담은 이름 하나쯤 가지는 것도
나쁘지 않을 것 같다. 비록 절친한 벗들 밖에서 만난 사람들 속에
서는 호적에 박힌 이름으로 돌아가게 되더라도…….

이런 상상을 해보면 재미있다. 이담에 꽤 시간이 지난 후에, 어
느 날 길거리에서 한 사람을 만난다. 그의 품에는 귀여운 꼬맹이가
안겨 있고, 옆에는 고운 아내가 나란히 걷고 있다. 아주 오랜만에
만났기 때문에 나는 정말 반가운 목소리로 그를 부른다.

"와아, 강쇠 형!" 혹은, "오메, 또치야!"

작명

날씨 따뜻하니까 식민지 아닌 것 같죠

"야, 배부른께 식민지 아닌 것 같다, 이?"

학습을 마치고 상대 뒤 식당에서 늦은 저녁을 먹고 난 후배 녀석이 하는 말이다.

"막걸리도 한잔 걸쳐 불믄 진짜 식민지 아닐 것 같다."

은근히 술생각을 비추는 상습적인 고래 패거리.

며칠 전 조국통일위원회 출범식에서, 느긋한 표정으로 마이크를 잡고 선 남총련 건준위 의장님이 한참을 푸근하게 웃고 섰다가 꺼낸 첫마디,

"햇볕 참 좋지요! 날씨 따뜻하니까 식민지 아닌 것 같죠?"

그때부터 우리 동아리 친구들을 비롯해서 남총련 청년학도들 사이에 가장 널리 유행했던 말이 '뭐뭐하니까 식민지 아닌 것 같다'이다.

일주일 내내 땀에 절어 다니다가 목욕하고 나서, 몇 달 동안 시골집에 못 가다가 엄마 아버지 얼굴 한번 보고 와서, 모처럼 들어간 강의실에서, 나 또한 심심찮게 그 말을 쓰곤 했다. 하지만 의장님이 얘기 끝에 강조한 대로 언제 어디서나 우리들의 조국은 식민지이다.

식민지이기 때문에 조통위가 출범을 해야 하고, 식민지이기 때문에 농민들이 쌀수입개방반대 집회를 해야 하고, 식민지이기 때문에 우리의 노동자들은 기계를 끄고 머리띠를 묶는 것이다.

청년학도, 아니 그렇게 거창하게 이름하지 않고서라도 가깝게 얼굴 맞대고 사는 내 친구들만 해도 그렇다. 우리 젊은이들은 온 얼굴, 온 몸뚱이에 '식민지'를 달고 산다. 흰 얼굴이 낯설게 보일 정도로 검게 탄 얼굴, 반창고로 눌러 둔 붕대와 병원 냄새, 핏물이 빠지지 않은 옷, 잔뜩 쉰 목소리…….

식민지는 어디에서도 확인된다.

그럼에도 불구하고 우리는 얼마나 자주 그것을 잊고 사는지. 어쩌면 '아닌 것 같다'고 얘기를 하는 그 순간에는 뼈저리게 그것을 상기하는 때이다.

우스갯소리로 하는 말들이지만 사실 '식민지 아닌 것 같다'는 말은 얼마나 서글픈 이야기인가? '아닌 것 같다'가 아니라 진짜로 '아니다'라고 말할 수 있는 날을 위해 우리는 지금 식민지임을 가슴 아프게 인정해야 하는 것이리라. 애인을 만나 데이트를 할 때도, 끼니를 거른 뒤에 맛난 밥을 먹을 때도, 목욕탕에서도, 거리에서도, 날씨가 궂을 때나 좋을 때나 우리는 그것을 잊어서는 안되리라.

오늘 오후 교문투쟁때 발목에 돌을 맞고 절룩거리며 들어온 후배가, 덜 가신 최루가스에 쿨룩거리며 말했다.

"누나, 돌 맞고 난께 진짜 식민지네, 잉?"

날씨 따뜻하니까 식민지 아닌 것 같죠

데모! 데모!

절친한 한 친구의 생일잔치였다.

성냥불을 옮기면서 해주고 싶은 말을 한마디씩 해주는 '성냥이야기' 시간도 끝나고 생일을 맞은 친구를 위한 각자의 축하공연을 하는 시간이었다.

새로 투쟁국장을 맡게 된 머스마가 벌떡 일어섰다.

"할 건 따로 없고 노래나 하나 같이 부릅시다."

별스러운 '공연'이라도 기대했던 축하객들이 시덥잖다는 듯이 관심을 끄고 술잔들을 들었다. 그러나 다음 순간 모두는, 아니 적어도 나는 대단한 '별스러움'을 만나고는 눈이 땡그래졌다.

이 친구가 한 쪽 팔을 힘차게 뻗으며 대뜸 외치는 말,

"데모! 데모! 데모—데모—데모. 휘몰아치는 거센 바람암에도 ……."

물론 본 노래의 '휘몰아치는' 어쩌구는 우리가 자주 부르는 '식상한' 노랫말이었다. 하지만 그 앞에 외쳤던 들어가는 구호가 상당히 신선했던 것이다.

데모! 데모!

보통 투쟁가 앞에 붙이는 '투쟁, 투쟁' 대신 넣은 말이다.

세 마당. 날씨 따뜻하니까 식민지 아닌 것 같죠

그 한마디 신선한 단어에 우리는 식상하지 않고 즐겁게 그 노래를 끝까지 함께했다. 그날 생일잔치에서 불리워진 노래는 마지막 노래까지 '데모! 데모!'로 시작하는 것이 당연하게 되었다.

투쟁 대신 데모라.

오늘 아침 동아리 조회때 마치는 노래에 후배 한 놈이 또 그렇게 시작하는 것을 듣고 곰곰히 생각해 보았다. '데모'라는 선창은 확실히 좀 낯설었다.

70년대나 80년대 초 선배님들이 우리들의 투쟁을 그렇게 이름했던 것으로 알고 있지만, 지금은 거의 그 말을 쓰지 않고 있기 때문이다. 그러나 찬찬히 생각해 보니 그런 것도 아니었다.

'투쟁합시다'라든가 '오늘 투쟁은……' 하는 말을 쓰는 사람은 실제 투쟁에서 대열 안에 서 있는 사람들이지, 그들을 응원해 주는 사람들이나 지켜봐 주는 사람들은 그렇지도 않다.

요번 5월에 투쟁을 마친 밤이면 외치던 구호가 생각난다.

'오늘 데모 즐거웠다. 내일도 데모하자!'

귀가길에 코가 매울 때 '야 오늘 데모했대?'라고 하지 '오늘 투쟁했대?'라고 쓰지 않는다. 가두투쟁에 나갔을 때 시민들도 '데모하는 학생들 고생한다'라고 '데모 좀 확실히 잘 해부러'라고 하신다. 집에서 어쩌다 부모님들이 걱정스레 물어 오실 때도 '너도 데모허냐?'라고 하신다.

그래서인지 '데모'라는 말이 입에 철썩 들러붙지는 않아도 일상어인 것처럼 들리고 어쩌면 친근하게까지 느껴지는 것이다.

사실 '투쟁'이라는 말은 아주 흔하다.

어떤 경우에는 전혀 아름답지 않게 느껴지게도 쓰인다. 가령 다이어트 하는 사람들의 '식욕과의 투쟁'이라든가 수험생들의 '졸음과

데모! 데모!

의 투쟁’ 같은 경우다. 그런 경우에는 공연한 측은함 같은 것을 불러일으키기는 하지만 아름답지는 않다.

그러나 이 경우는 적어도 혐오스럽지는 않다. 어떤 경우는 아주 기가 찰 정도로 비위가 뒤틀리는 때도 있다.

배부른 사람들이 공연한 사람들을 자기들의 공범으로 만들어 버리는 ‘과소비와의 투쟁’이라든가, 일 부려먹는 사람들이 열심히 일하고 있는 사람들한테 외쳐대는 ‘게으름과 투쟁해야 한다. 피로와 투쟁해야 한다’

아, 역겨워라. 그러나 위의 어떠한 경우에도 투쟁대신 데모라는 말을 쓰면 아예 어울리지 않게 된다. 데모라는 말에는 잘못 쓰일 소지가 전혀 없기 때문이다.

그래서 나는 그 이후로 남의 나라 말을 줄인 것이라는 게 좀 께름칙하기는 하지만, 노래 앞에 ‘데모! 데모!’ 하는 외침을 애용하기로 했다. 장난은 아니다. 그저 쌈박하고 가뿐하다.

그런데 집회때 연사가 ‘~할 자신 있습니까?’ 비슷한 말로 청중들을 향해 물어 올 때, ‘데모’ 하고 대답하는 것은 좀 그렇다. 사람이 인생을 개척해 나가는 데 있어 꼭 필요한 이름 ‘투쟁’. 그 아름다운 말이 의심의 여지가 없이 확실한 곳에서는, 역시 ‘투쟁’이라는 말이 남의 나라 말보다 훨씬 힘차고 개운하기 때문일까.

세 마당. 날씨 따뜻하니까 식민지 아닌 것 같죠

유리를 보호합시다

우리 학교 후문 앞에는 다섯 칸이 줄지어 선 공중전화박스가 있다. 얼핏 보기에는 보통 전화박스와 다를 게 없어 보이지만, 그 안에 들어가 전화를 사용해 보거나 조금만 눈여겨 살펴보면 통화하기가 좀 불편할 것이라는 걸 눈치채게 된다. 내가 처음 입학해서 의아스럽게 생각했던 그 부분에 대해, 나는 오늘 후배로부터 2년 전 내가 선배한테 했던 질문과 똑같은 질문을 받았다.

새로 맞이한 신입생들과 함께 술자리를 가지던 중이었다. 신입생 하나가 집에 늦는다는 전화를 해야겠다길래, 나도 전화를 할 겸 함께 주점을 나섰다.

먼저 전화박스에 들어가 몇 마디를 하는 듯하던 후배가 한참 동안 인상을 쓰며 신경을 모으는 모습이 보였다. 아마 상대방 목소리가 잘 안 들려서인 모양이었다. 좀 후에는 안되겠던지 손가락으로 한 쪽 귀를 막고서야 겨우 통화를 마치고, 긴 숨을 내쉬면서 전화박스를 나왔다.

"누나, 전화 한번 하기 징허게 힘들지요이. 근디 어째 전화박스가 하나같이 유리가 없다요?"

내 전화도 마치고, 주점으로 다시 들어가면서 하는 후배의 말이었다.

"유리? 으응. 끼워 봐야 남아날 날이 있어야지. 나 들어올 때도 저대로였어. 아참, 그때는 카드전화가 아니었지."

별 생각 없이 나오는 대로 중얼거린 내 대답이었다. 그랬더니 후배가 손가락으로 딱 소리를 내며 대뜸 말한다.

"아아, 데모 때문에? 데모하믄 저기서 해요?"

그 아이가 이렇게 말하니까 어쩨 묘한 기분이 되어서 나는 그저 고개만 끄덕여 주었다.

후문 앞 공중전화박스. 차소리, 학생들 조잘거리는 소리들 때문에 통화가 몹시 곤란함에도 불구하고 최소한의 방음장치도 할 수 없는 곳.

"돌하고 직격탄이 왔다갔다 하는데 배겨나겠냐?"

재작년에 선배로부터 그 이야기를 들었을 때는 '아, 그래서 그렇구나' 외에는 별 생각이 안 들더니, 오늘은 새삼 그 사연 있는 전화박스를 생각하게 된다. 무서운 속도로 날아온 총류탄에 전화박스 유리가 산산이 흩어지는 모습이 보이기도 하고…… 실은 돌과 총류탄이 왔다갔다 하는 속에 서서 열심히 구호를 외칠 때는 한 번도 그 물건에 주목해 본 적이 없었다. 다만 얼마 전에 잠시 생각해 보게 한 작은 사건이 있기는 했다. 유리가 없음으로 해서 애를 먹은 일이었다.

얼마 전 늦은 저녁 무렵이었다.

후문 앞을 함께 걷고 있던 친구가 화장실을 찾아 건물로 뛰어올라간 사이, 서서 기다리게 된 위치가 그 전화박스 바로 앞이었다. 사용하는 사람이 많아서 전화통 앞에 줄지어 기다리는 사람이 늘 서넛씩은 있었는데, 그날따라 비어 있는 박스가 두 칸이나 있었다.

세 마당. 날씨 따뜻하니까 식민지 아닌 것 같죠

전화라는 게 원래 멀리 있는 사람을 괜시리 생각나게 하는 구석이 있는 물건인가. 갑자기 서울로 유학간 친한 친구가 생각났다. 멍뚱멍뚱 서 있으니 전화나 한 통화 하자 싶어 박스 안으로 들어섰다. 신호음이 가고, "여보세요" 하는 친구의 목소리가 감이 멀게 들려왔을 때에야 온갖 소음을 매달고 달리는 방해물을 차단해 줄 것이 아무것도 없음을 생각해 냈다. 동전은 똑똑 떨어지고, 순간 빨리 끊는 게 좋겠다는 생각에 적당히 안부를 얘기하고 대충 그래, 응, 그래라는 말로 친구의 말을 알아들은 척(?)하고는 수화기를 놓았다.

내가 알아들은 척했던 말에 대해서 알게 된 것은 그로부터 사흘 후, 시골집에를 다녀온 일요일 저녁때였다.

"야. 가시내야. 집에 있겠다고 해 놓고서 어디를 싸돌아다녔어?"

자취방으로 걸려온 전화의 첫마디였다. 진심으로 친구는 노여워하고 있었다.

"응? 언제?"

"그래에, 그깟 약속 잊어버려야지. 바쁘신 몸이 기억을 하겠어?"

"무슨 약속?"

"토요일에 광주에 간댔잖아."

"어제 광주 왔었나? 그 얘기 언제 했는데?"

친구는 연신 "맙소사, 맙소사"를 연발했다. 하긴 기가 막히기도 할 노릇이었다. 내가 무슨 말인지 성의껏 듣지도 않고 그래, 그래 했던 말이, 고민스러운 일이 있어서 나를 만나러 오겠다는 말에 대한 답이었으니……

긴 사죄와 변명의 편지로 마무리를 짓기는 했지만, 우선은 그 전화통이 괘씸하다는 생각부터 들었다. 그렇다고 어느 현명했다는 원님처럼 망부석 매질하듯 애먼 전화통을 나무랄 수는 없는 일이고, 여차저차로 생각의 계단을 밟아 올라가 보니 그 꼭대기에는 돌과 총류탄의 일대격전이 벌어지고 있었다.

문제는 그 전화박스가 전남대학교 교문 앞에 서 있다는 것이고, 또한 문제는 전남대학교에는 애국심과 정의감에 불타는 학생들이 살고 있다는 것이며, 보다 큰 문제는 그 학생들이 싸워서 몰아내기도 하고 혹은 처단하기도 해야 하는 족속들과 한 땅덩어리 위에 살고 있다는 것이다.

하긴 제구실을 못하는 사연을 가진 공중전화가 이것뿐일까. 우리 땅 구석구석을 돌아보면, 치열한 전투가 늘 벌어지는 자리에 서 있음으로 해서 보호받지 못하는 유리가 어디 한두 군데뿐일까.

뼈다귀처럼 쇠붙이 몇 개로 서 있는 그 전화박스가 투쟁하는 사람들의 역사와 함께하고 있다는 생각에 새삼 별스러운 애정까지 느껴졌다.

술자리가 파하는 길에 물끄러미 전화박스를 쳐다보는 나를 보고 말하던 그 신입생 아이의 한마디가 생각난다.

"누나, 저 둘레로 철망을 둘러 부믄 어쩌까. 경찰서 유리같이."

철망이 둘러쳐진 공중전화. 그 안에서 전화를 걸면 어떤 기분이 들까. 상대방의 얼굴 대신 유리 건너편을 내다보며 이야기도 하고 웃기두 하고 할 텐데 철망이라니, 그 모습을 싱싱하니 조금 끔찍하기까지 해서 후배의 어깨를 한 대 쳐 주었다.

"얌마. 철망은 무슨! 유리 깰 일 일삼아 안 해도 될 세상을 만들믄 되지."

민강이에게

장마가 온다더니 징그럽게 더운 날씨다.

올해 회장님 공약사업이자 숙원사업이기도 했고, 진즉부터 목소리만 높았던 선풍기를 사는 일이 어째 흐지부지 되어 버렸다. 그래서 그런지 열도닫도 못하는 저 두 겹짜리 창문이 더 더워 보인다.

우리 민강이, 지금 뭐 하고 앉았을까.

시끌벅적 요란할 동아리방 생각하고 있을까.

형님이 넣어 줬다던 토플책 들여다보고 있을까.

아니, 0.75평의 전장에서, 더위와 외로움과 또한 그와 비슷한 것들과 묵묵히 싸우고 있을까.

한 번도 가 본 적이 없는 그 안은 바깥보다 더위가 더한지 덜한지 알 수도 없고, 창살 박힌 창이 얼마큼 큰지도 정확히 모르겠구나.

며칠 전에 이 누님께서 더운 바람 씩씩 내뿜으며 허위허위 거기까지 찾아가지 않았겠냐. 근데 면회접수실에 앉아 있는, 한 쪽만 눈꺼풀이 진 군인 아저씨가 학생면회는 직계가족이 아니면 안된다고 쾅 못을 박더구나.

젠장! 염병할, 얼굴은 꼭 기생 오래비같이 생겨 가지고, 사정을 하는데도 두 번도 안 쳐다보더라. 홧김에 마누라라고 해버릴까 하다가, 요새는 시내버스도 학생 일반 똑같이 170원씩 내고 다니는데 교도소라고 왜 차별하느냐고 악 써 주고 돌아왔다.

나중에 알고 보니 면회 제한은 재소자 가족의 요청에 따라서 하는 거라더구나. 네 형님이랑 누님께서 널 우리들과 만나지 못하게 하시려고 그러신 모양인데 공연히 접수실 군인 아저씨만 욕했지 뭐냐.

민강아!

얼굴이라도 봤드라면 참 좋았을걸.

언제 보고 못 봤드라?

대인시장 입구에서 '누나 조심해' 하고 웃어주며 달려나가던 너를 본 것이 6월 15일 도청 앞에서였지?

이유 없이 불안했던 그날, 가투에서 돌아와 동아리방에 앉아 있을 때 뒤늦게 들어온 머슴애들이 그랬지.

"민강이가 잡힌 것 같애."

그날 밤 꿈 속에서 쇠창살을 잡고 애타게 동아리 사람들을 찾는 너를 오래도록 만났다.

그리고 또 언제 보았더라?

그래, 그날. 동부서에 있다는 얘길 듣고 찾아갔다가 면회 거부 당하고 하마터면 조사계장하고 싸울 뻔 했던 일이 있은 다음날이었지.

투명하고 맑은 본성을 잃어버린 지 오래인, 두껍고 흐린 유리 칸막이 너머로 안경까지 빼앗긴 맨얼굴로 환하게 웃던 너를 본 것이.

목소리도 온전히 전달이 안되는 그 빌어먹을 놈의 칸막이에 입

세 마당. 날씨 따뜻하니까 식민지 아닌 것 같죠

민강이에게

술을 대고 네가 그랬지.

"누나, 여기 편해. 걱정 말어."

많이 맞지 않았냐는 말에는

"몇 대 맞았지, 뭐. 끄떡 없어. 안경이나 찾았으믄 좋겠어"

하던 너. 아직도 신입생 소리를 듣는 도토리만한 네 얼굴에서 '의 연함'을 보는 것이 서글펐다. 그날은 경찰서를 나서며 담벼락에 얼굴을 묻고 창피한 줄도 모르고 한없이 울었다. 그리고는 2주일이 그냥 지나갔구나.

이제 내일, 드디어 다시 네 얼굴을 보게 된다.

좀더 자신 있게 형님을 설득했다면, 더 일찍이라도 볼 수 있었을 텐데.

네 형님이나 누님 앞에 괜시리 주눅이 들고 죄송스러워지는 것은 어쩔 수가 없었다. 다행히 형님이 마음을 움직여 주셔서, 민강아, 내일은 너를 만나겠구나.

참 못난 선배지?

선배가 돼 가지고 죄도 없이 감옥 간 후배 면회나 가고, 얼굴 한 번 볼 수 있다고 오져서 들뜨고……

아니야, 그게 다 세상 잘못이지.

너처럼 온순한 아이를 거리로 내몬 정치판 잘못이고, 죄도 없는 아이 감옥에 보내는 법 잘못이고, 형님 동생 의 길라 놓는 이네올로기 잘못이고, 그리고 나서 네 누명을 벗기기 위해 아무런 일도 하지 못하고 있는 선배 잘못이다.

그래도 민강아, 오늘은 기쁘다. 내일은 너를 만날 수 있으니.

세 끼 꼬박 챙겨 먹으니 살이 좀 붙었을까.

1700번 푸른 수의에 또 눈물이 나면 어쩌나, 걱정스럽다.

144

"누나, 왜 울어? 이상한 사람이야."

외려 능글맞게 나무랄 네 모습이 선하다.

그래. 네 그 능글맞은 웃음과 누나의 울음 참는 찡그린 웃음이 만나 이따위 세상 빨랑 갈아치워 버리자고 눈빛 나눠 보자.

인제 누나는 내일 네게 전해 줄 '바깥' 소식을 하나하나 챙겨 볼란다.

오늘밤 네 빈약한 창구멍으로도 무더운 하늘, 빛 밝히는 똑똑한 별들이 속삭이며 속삭이며 내려오겠지.

민강이에게

서글픈 일 하나

전·시·접·수·국·지·원·협·정이라는 망할 놈의 조약 때
문에, 오늘도 나는 이 거북이 껍데기 같은 몸뚱아릴 끌고 '전시협
정결사반대'라는 구호를 외치며 죽어라고, 정말 죽어라고 시내를
뛰었다. 짓궂은 후배 녀석들 말대로 이젠 '은퇴'를 할 때가 된 건지
어쩐 건지 가뜩이나 진 빠지는데, 팔팔 살아 뛰는 가슴마저 정말정
말 쓰려 오는 일을 만나고 말았다.

구원호청 앞에서 있었던 두번째 투쟁때였다.

한반도를 전쟁터로 사천만을 노예로 전시협정 결사 반대한다!

한 30분쯤 됐을까. 바락바락 악을 쓴 덕분으로 지나가던 시민들
이 꽤 모여들어 막 신이 날 판이었는데, 혹시나 하고 안 나타나길
바랬던 녀석들이 역시나 몰려오고 있었다. 대열을 철통같이 둘러
싼 시민들의 힘을 입어 그러고도 한참을 더 구호와 노래로 버티는
데, 녀석들이 갑자기 잡아먹을 듯 달려들기 시작했다. 놀란 시민들
마저 뿔뿔이 흩어져 가자 '빠져요!' 하는 소리와 함께 발빠른 몇몇
이 뛰기 시작했다.

아, 이제 또 젖 먹던 힘까지 빼야겠구나, 생각하며 대열을 따라
뛰기 시작하는데, 저만치 앞에 후배 한 녀석이 나보다도 더 죽을

힘으로 뛰고 있는 것이 보였다. 좀 통통한 여자 후배였는데 그 와
중에도 뒤뚱거리는 모습이 우스워서 웃음이 나올 참이었다.

그런데 다음 순간 나는 웃음을 멈출 수밖에 없었다. 갑자기 이
녀석이 옆 골목으로 샥 돌아가는 것이 아닌가. 먼저 말해 두자면,
가두투쟁에서 뒤로 빠지게 될 때는 대열을 따라 움직여야지 중간
에 샛길로 혼자 빠지는 것은 금물이다. 뛰다 보면 너무 힘들어서
골목으로 숨고 싶은 유혹도 생기지만, 그러다가 잡히는 사람도 많
을 뿐더러 대열과 끝까지 함께해야 혹시 변경이 되더라도 다음 투
쟁장소에서 만날 수 있는 것이다.

그런 내력이 있기 때문에 녀석의 행동을 무심히 넘길 수 없었
다. 더구나 전엔 잘 지키던 녀석인데, 그런 모습을 본 것이 벌써
몇번째였기 때문에 아무래도 이번에는 주의를 줘야 할 것 같았다.

"아까 화장실 급했어? 왜 골목으로 빠져? 데모 하루이틀 하냐?"

다음 투쟁장소에서 호루라기 소리를 기다리며, 녀석 곁에 붙어
서 살짝 귀띔을 했다.

"언니, 나도 아는데 — 근데도 자꾸 무서워져서 —"

바로 그때 호루라기가 울어대서 도로로 뛰어가느라 다음 얘길
못했지만, 구호를 외치고 노래를 부르는 동안 내 정신은 온통 옆에
선 그 아이에게로 쏠렸다. 후배는 불안해 하지 않기 위해서 이를
악물고 있는 듯한 표정이었다.

'너무 무서워서 —'

그 말은 나에겐 어쩌면 '어처구니없는' 말이었다. 물론 원래부터
그렇게 겁이 많았던 아이라면 나한테도 있었던 무척 겁 먹었던 기
억쯤을 떠올리면서 차차 익숙해지겠지 하고 싱겁게 웃고 말 일이
었다. 하지만 그 후배는 몸은 무거워도 달리기 하난 자신 있다는

배짱으로 거리에 서면 위풍도 당당하던 '여성 전사'였다.

'—자꾸 무서워져서—'

순간 녀석의 옆얼굴을 힐끔거리던 내 눈앞에 반짝하고 지나가는 기억 하나가 있었다. 그제서야 나는 후배의 변화를 내내 눈치채지 못한 둔해 빠진 내 머리통을 사정 없이 쥐어박고 싶었다. 그 아이에게는 '그럴 수밖에 없는 일'이 있었던 것이다.

내 기억이 맞다면 지난 5월 초 서현교회 앞 투쟁때 있었던 일이다.

늦은 밤 투쟁을 마치고, 늘 그랬던 대로 우리 동아리는 길거리에 모여 서서 종례라는 것을 했다. 사람점검을 하는데, 이 녀석이 보이지 않았다. 집에 먼저 갔겠거니 생각하고 흩어졌는데 다음날 그 아이가 학교에 나오질 않았다. 그제서야 무슨 일인가 싶어 집에 전화를 걸었던 회장은, 영문도 모르고 그 애엄마한테 배부르게 욕만 얻어먹었고.

사건(?)의 전말이 밝혀진 건 다음날 오후였다. 녀석으로부터 학교로 전화가 걸려 왔다.

"엄마 몰래 하는 거야. 용건만 말할께. 당분간 학교에 못 나가. 내가 걸기 전에 전화하지 마. 어저께 도망가다 잡혀서 두드려 맞았어. 울 엄만 난리고. 나중에 기회 봐서 다시 전화할께."

그로부터 꼭 일 주일 후, 녀석은 아직 부어 있는 얼굴과 멍이 덜 가신 눈두덩이를 한 채로 동아리방에 나타났다. 아이들이 성화를 부려서 바지며 소매를 걷어 보니 완전히 멍투성이였다.

그 모습을 보았을 때, 내게도 생각나는 것이 있었다.

대학에 들어온 지 얼마 안되어서였다.

서너 번의 투쟁경험을 가지고서도 여전히 두렵기만 하던 거리에

세 마당. 날씨 따뜻하니까 식민지 아닌 것 같죠

서 아무리 힘껏 뛰어도 제일 뒤인 것만 같아 뒤돌아보았을 때, 한 여학생이 사복경찰에게 머리채를 잡힌 채로 땅바닥에 질질 끌려가고 있었다. 뭐라고 악을 쓰는지 멀어지는 그 여학생의 고함소리를 들으며 너무너무 무서워서 '난 다시는 데모 안 할 거야'라고 스무 번도 넘게 맘속으로 외쳤던 기억이다.

"어떤 할아버지가 구해 주지 않았으면 난 죽었을 거야. 첨엔 그냥 무서워 죽겠더니, 이젠 아니야. 다 죽여 버릴 거야. 개새끼들. 오늘 시내투쟁 나갈라고 왔어."

눈물이 그렁그렁한 눈이 독기로 빛나고 있었다.

그러나 녀석은 그 뒤로부터 오늘처럼 불안 초조해 하고 아무데서나 골목으로 새는 일이 많아졌다. 내가 아직도 때때로 머리채를 휘어잡히던 그 여학생을 떠올리듯이, 후배도 이 거리에 서면 자기도 모르게 그날의 기억에 사로잡히는 모양이다. 무식한 군화발에 짓이겨졌던 기억은, 다 죽여 버릴 거라는 독기보다 두려움을 더 크게 만들어 놓았던 것일까.

녀석의 손을 꽉 잡았지만 아무 말도 하지 못했다. 다시 반갑지 않은 손님이 사냥개처럼 달겨들고, 저만치 앞서 마구 달리고 있는 후배를 서글프게 바라보며, 나도 역시 있는 힘껏 뛰는 수밖에. 그런 두려움 속에서도 한 번도 투쟁에 안 나가겠다고 하지 않은 걸 대견해 하며, 내가 그랬듯이 언젠가는 녀석도 그 기억을 이겨 낼 것을 믿으며——

날보고 은퇴를 하라고?

체력은 국력이라고들 하는데 나는 체력에는 영 자신이 없다. 운동이라고는 해본 적이 없고, 운동이라고 생겨먹은 것 중 하나를 하고 있는 나를 생각해 본 적도 없다.

특히 나는 뛰는 데, 쉽게 말해서 달리기에 제일 약하다. 고등학교 때까지, 두 사람씩 백 미터 달리기를 하면 오십 미터쯤 뛰다가 저만치 앞서가는 친구 뒤를 있는 힘을 다해서 쫓고 있는 내가 한심해서 그만둬 버리곤 했다. 그건 뭐 지구력이 약하다든가 다리 구조가 이상하다든가 하는 이유에서는 아니다. 변명 같지만, 내가 생각하기에 나한테는 '달리기 공포증' 비슷한 게 있는 모양이다.

그 근원을 따져 가자면 국민학교 1학년 첫 운동회때까지 거슬러 올라간다. 릴레이 경주를 하는데 쭈욱 1등을 하고 있던 우리 편이 마지막 주자였던 내가 넘어지는 바람에 꼴찌를 하고 만 것이다. 앞서 뛰었던 친구들로부터 적잖이 원망의 소리를 들었고, 그 뒤부턴 달리기트랙 앞에만 서면 가슴이 두근거리고 현기증이 나고 다리가 후들거렸다. 덕분에 우리 엄마는 운동회때마다 선생님들을 쫓아다니며 '못난 딸을 달리기 경주에서 빼 주시기를' 부탁해야만 했다.

세 마당. 날씨 따뜻하니까 식민지 아닌 것 같죠

지금은 어찌어찌해서 현기증이 난다거나 다리가 달달 떨리기까지는 하지 않지만, 어쨌든 나는 아무리 생각해 봐도 달리기에만은 자신이 없다. 오늘날 이만큼이라도 공포증에서 헤어난 걸 거의 기적에 가깝게 생각하고 있다. 내 병(?)을 이만큼 고친 것은 의사나 약이 아니라 그 놈의 전경들과 짭새들이다. 꽁지에 불이 붙은 새가 현기증 찾고 뭐 찾고 할 새가 어디 있겠는가.

그런데!

이만한 성과가 있기까지의 사정을 빤히 아는 놈들이, 요즈음 나를 아주 비참하게 만들고 있다.

그 조짐은 지난 5월 투쟁때부터 시작되었다. 거의 매일, 거의 종일을 거리에서 살다시피 했으니, 그 한 달여 동안에 신입생들까지 익힐 건 다 익혀 버렸다. 참 대견스럽고 오진 일이긴 한데, 문제는 그 덕분에 달리지 못하는 이 늙은 선배가 완전히 우스워져 버린 것이다.

아무리 달리기를 못해도 선배는 선배이므로 가투에서는 꼭 후배 손을 잡고 뛴다. 처음에는 내 손이나마 놓치면 어찌 되는 줄 알고 죽자사자 붙잡고 다니던 놈들이, 좀 이력이 붙고 나니까 "언니, 손 놓고 가자' 하고는 저 혼자서 횡하고 가버리는 것이다. 그래도 그나마 말이나 하면 다행이지, 어떤 때는 한참 나를 데리고(?) 가다 징그럽게도 못 뛰는 선배가 갑갑해서인지 아무 말 없이 야멸차게 뿌리치고 가는 놈도 있다.

아이구, 분하고도 원통해라. 기껏 분위기 파악하는 법, 뒤로 빠지는 법 등을 가르쳐 주니까 인제 늙은 선배는 짐이구나, 짐.

그래도 거기까지는 참을 만했다. 저희들이 걱정스러울 만큼 내가 못 뛴다고 생각했다면 그러지도 못했을 걸, 그래도 알아서 잘 할 거라는 믿음이 있었으니 그렇게 망설이지도 않고 가버린 것이려니 생각하며 외려 다행스럽게 여겼다. 또 나처럼 못 뛰는 후배가 없어서 다행이라는 생각도 위안이 되었다.

어저께다. 그저께 부시라는 놈이 왔다. 와서는 안되는 놈인줄 알기 때문에 와서는 안되는 놈이라는 말을 하려고 시내에 나갔다. 서너 차례의 투쟁을 마치고 마지막 선전투쟁에서는 계속 뛰면서 구호를 외치게 되었다.

맨 앞에 차정리를 하는 남학생들, 그리고 본대열, 마지막에는 대열을 호위하는 남학생들, 이런 식으로 뛰는데 문득 들려오는 말소리,

"누나, 인제 은퇴할 때 됐다니깐."

그 뒤로는 웃음소리가 아주 길게 이어졌다. 웬 소린가 하고 뒤돌아보았더니, 내 바로 뒤로 머슴애들이 뛰고 있지 않은가. 이상하다. 나는 분명히 본대열 중간쯤에 뛰고 있었는데―― 이런이런, 황당하고 창피해서 있는 힘을 다해서 앞쪽으로 뛰었다.

은퇴라니.

물론 녀석들은 장난이었겠지만, 물론 힘겹게 뛰고 있는 것이 애처로와서이겠지만, 아니 그래도 그렇지 날더러 고만 뛰라고? 곰곰히 생각해 보니 괘씸했다. 녀석들이 괘씸할 뿐만 아니라 그 말에 창피스러워한 내가, 정말로 창피했다. 내가 얼마나 열심히, 최선을 다해서 뛰었는데……

그래서 이제는 이런 말을 준비해 두기로 했다.

이 녀석들아, 이 즐거운 투쟁에서 날보고 은퇴를 하라고? 내 조국땅에 부시란 놈이 발을 디디고 있는데, 이 녀석들아, 팔짱 끼고 서서 너희들 투쟁하는 거 구경이나 하라고? 식민지 조국에서는 은

세 마당. 날씨 따뜻하니까 식민지 아닌 것 같죠

퇴란 없는 거야. 임마 봐라. 머잖아 일흔 살 할머니도 같이 뛰게
될 테니. 앞으로 그딴 소리 한번만 해봐라——

원망의 철창으로 다시 돌아간대도

민강이 놈이 드디어 수의를 벗었다. 도로교통법 위반이라는 웃기는 죄명으로 집행유예 2년을 선고받고, 1700번에 빼앗긴 이름을 드디어 찾은 것이다.

밤공기가 서늘한 광주교도소 정문 앞에서 우리 동아리 사람들은 작당모의를 벌였다. 어떻게 하면 녀석을 확실히 웃겨 버릴 것인가.

괜시리 들뜬 마음에 서로 눈만 마주쳐도 웃고, 사들고 온 두부와 꽃다발, 커다란 강아지 인형을 서로 건네주고 싶어 즐거운 다툼을 벌이는 사이, 30분이 넘는 시간이 지루한 줄 모르고 지나갔다.

"온다!"

주머니에 손을 찔러넣고 교도소 철문 안을 기웃거리던 91학번 한 녀석이 양팔을 높이 들고 소리쳤다. 순식간에 우르르 몰려간 아이들은 철문을 쥐고 악을 써댔다. 저만치서 묵직한 종이가방을 보듬고, 특유의 팔자걸음으로 느그적거리며 민강이가 걸어 나오고 있었다. 어둠이 내리고 있는 교도소는 뒤로 하고 긴 인도를 걸어, 녀석이 나오는 것이다.

"민강아!"

철문을 두드려대면서 불러대는 소리는 목이 메인 우스꽝스러운 목소리가 되고 말았다. 구호를 외치고, 회가를 부르고, 두부를 먹이다 얼굴에 범벅으로 비벼대고, 한 사람씩 보듬어 보고, 선물까지 증정(?)한 후에, 준비한 축하공연을 시작했다.

　"우리 집 강아지는 민주 강아지
　　학교 갔다 돌아오면
　　광주학살 진짜주범 미국놈들 몰아내자!
　　……."

'노태우 찬가'에서부터 '불타는 탱고'까지, 지나가는 사람들이 웬 놈들인가 하고 쳐다보는데도 아랑곳 않고 한바탕 난리법석을 피웠다.

한방울 감격의 눈물이라도 보일 줄 알았더니 되려 나서서 재롱을 피워대는 민강이 녀석을 앞세우고, 우리는 학교로 돌아왔다.

마침 학교에서는 '자주여성 민주남성 큰잔치'가 한창이어서 주막 중에서도 제일 넓은 데다가 자리를 잡고 다시 한 번 한바탕 걸탕지게 놀았다. 이곳저곳에서 민강이의 출소를 축하하는 사람들이 줄을 잇고 파전이며 막걸리며 오뎅 국물이 마구 쏟아져 들어왔다.

어찌나 재미나고 정신없이 놀았던지, 지나가던 사람들이 끼어들어 함께 하고 있는 줄도 모를 지경이었다.

한동안 걸직한 술판과 방방 뛰는 춤판을 끝낸 뒤에 드디어 우리의 민강이가 한 말씀 하는 시간을 맞았다. 녀석답지 않게 한참을 빼며 쑥스러워하더니, 사람들의 재촉에 민강이는 엉덩이를 탈탈 털고 일어섰다. 일어서는 폼이 익살스러워서 여기저기서 터져나오는 웃음소리 사이로 뜻밖에 묵직한 목소리가 끼어들었다.

"몇십 년씩 계신 분들도 있는데, 고작 두 달 있었던 것을 가지고 이렇게 큰 자리를 마련해 주시니 참 부끄럽습니다. 저는 그 안에서

원망의 철창으로 다시 돌아간대도

많은 분들을 만나고 많은 것을 배웠습니다. 처음에는 재수없이 잡혔다 싶어 앞길도 막막하고 하루하루가 너무 외로와서 여러분들이 원망스러울 지경이었습니다. 그러나 지금은 그 두 달이 저한테 큰 행운이었다고 생각합니다. 여러분이 너무나 보고 싶었던 것을 빼고는 하루하루가 즐거워졌습니다. 옛날에는 어떻게 한번 맘대로 놀아 볼까 궁리하고 그랬는데 인제는 절대로 뻘생각 안 할 자신 있습니다. 절대 흐트러질 수 없는 조국통일 민족해방의 신심이 제 마음에 깊이 뿌리를 내렸거든요."

우와 소리와 함께 '쟤 정말 1학년이야?' 하는 속삭임들이 두런두런 피어났다. 나만 해도 속으로 꽤나 놀랠 만큼 녀석은 너무 진지했다.

"에이, 무게잡기 징허게 힘드네. 노래 하나 부를께요."

그때서야 드러난 녀석의 본래 모습에 주변은 왁자지껄 웃음바다가 되었다.

"그 안에서 배운 노래예요. 투재앵 투재앵 투쟁 투쟁 투쟁——

　원망의 철창으로—— 다시 돌아간대도오

　투사의 한 많은 사랑—— 어찌 변할 수 있나——

　……."

비로소 녀석의 눈에서 두 줄기 눈물이 볼을 타고 흘렀다. 놀이판은 금새 숙연해져서 모두들 노래는 모르지만 힘차게 팔을 뻗었다.

녀석은 독을 품고 나온 거야.

뭉클한 가슴 한 구석에 번져 가는 생각이었다. 민강이의 노래가 끝나자마자 누군가 쩌렁쩌렁한 목소리로 선창을 올린다.

　…휘몰아치는 거센 바람에도 부딪혀오는 거센 억압에도

　　우리는 반드시 모이었다. 마주 보았다…

세 마당. 날씨 따뜻하니까 식민지 아닌 것 같죠

자리는 이어져서 이번에는 민강이에게 하고 싶은 말을 한마디씩
하게 되었다. 그 따뜻한 얘기들을 들으면서 나는 목청껏 외치고 싶
은 말을 가슴에 담아 두느라 애쓰고 있었다.
 짜식들아 아무리 죄 덮어씌워서 가둬 봐라
 전사한테는 감옥도 전선이고 단련장이다.
 정의를 아는 사람은 그 안에서 더 튼튼해진다아――

불심검문 시대의 비가

꽤 자라서까지 나는 아버지하고 무척 '친한' 사이 였다. 성격이 불같이 급하셔서 간혹 식구들을 불안 속에서 허둥대게 하시는데다가, 한때 자주 술을 드시고 들어오셔서서 이유 없이 우리들을 벌 세우기도 했던 전력이 있으셔서인 것 같은데, 다른 형제들은 그다지 아버지에게 들러붙지 않았다. 막내라서 받게 되는 총애가 작지 않은 데다가, 언니 오빠들이 세숫대야나 책가방을 높이 들고 꿇어앉는 벌을 설 때 내 작은 밥공기를 들기만 하면 되었던 특혜를 입어서인지, 나는 아버지의 유일한 추종자였다.

그래서 내 유년의 기억을 더듬어 보면, 친구들이나 형제들보다 아버지하고의 추억이 더 많다.

시래강변 둑에 매 놓았던 소를 몰러 가실 때 따라나가서 긴 둑을 함께 걸었던 여름날 해질녘, 커다란 무쇠솥이 걸려 있던 작은 정지(부엌)에 쭈그리고 앉아 쇠죽을 쑤면서 얇게 썬 고구마며 흰 떡을 구워먹던 겨울 아침, 전화통을 깨먹고 온식구한테 야단을 맞을 때 내 편이 되어 주시던 어느 날의 밥상머리…….

그림 같은 추억들보다도 더 아리게 생각나는 것은 아버지하고 나누던 이야기들이다. 주로 아버지가 얘길 하셨고, 나는 열심히 들

세 마당. 날씨 따뜻하니까 식민지 아닌 것 같죠

었다.

　TV에서 사극이 한창 인기일 때 들었던 한명회나 장희빈 얘기, 족보를 짚어 가며 들었던 조상님네들 얘기, 그리고 광주에서 상급 학교에 다니던 언니 오빠들이 다녀가던 주말이면 종종 들을 수 있었던 아버지의 학창시절 얘기……. 내가 하는 얘기는 친구들이랑 어울리면서 있었던 얘기 한 가지뿐이었다.

　국민학교에 입학한 후로, 아버지가 날마다 잊지 않고 물으시는 게 있었다. 그날 제일 슬펐던 일 한 가지하고, 제일 기뻤던 일 한 가지를 말해 보라는 것이었다. 덕분에 하학길엔 언제나 그것을 생각해 두는 것이 중요한 일과가 되었다.

　그렇게 특별히 절친했던 부녀지간이 언제부턴가 뜨악해졌다. 사춘기때는 아니다. 그때만 해도 어딜 가나 아버지의 팔짱을 끼는 것을 무척 좋아했었으니까. 집을 떠나 광주에서 자취를 하면서도, 대입 원서를 쓸 때 뜻이 어긋났던 것을 빼고는 아주 잘 지냈으니까, 대학에 들어오고 나서부터인 것이 확실하다.

　전대협 식구가 되고 나서부터 아버지한테 비밀이 많아졌다. 집에 내려가는 것도 고등학교 때보다 더 뜸해졌다. 결혼을 하거나 혹은 직장을 가지면서 언니 오빠들이 모조리 매인 몸이 되고 보니, 그나마 자유로운 이 막내딸이 내려와서 썰렁한 집안을 들썩거려 주기를 얼마나 간절히 바라시는가를 너무 잘 알면서도, 어쩐지 잘 안되었다.

　대개가 엄마가 너무 보고 싶거나, 의무감이 넘쳐나는 경우에 내려가곤 했는데, 그럴 때도 전같지 않게 마음만 무거웠다. 집에 가기로 맘먹고 나설 때면, 최루탄 냄새가 배인 옷을 벗고 치마를 입었다. 위장술이었다. 역시 위장술로 가지고 간 가벼운 책들을 읽거

불심검문 시대의 비가

나, 억지 잠을 자다가 돌아왔다. 아버지가 무슨 큰 고민이라도 있는지 물어 보라고 하셨다며 엄마가 몹시 걱정을 하실 정도였다.

뉴스를 볼 때면 딴청을 피우다가, 어렸을 때처럼 영화나 드라마만 재미있어 했다. 어쩌다 마실 오신 어른들이 농삿일 얘기 끝에 누구누구가 죽일 놈이라는 말씀을 하실 때도, 가만히 있다가 '아유, 나쁜 놈들' 하고만 말았다.

반대로 아버지가 광주에 오셔서 자취방을 들르신다는 연락이 올 때면 한바탕 소동을 피워야 했다. 냄새 있는 책들이며, 학교에서 만든 옷가지들, 벽에 붙은 시 액자, 노래 테잎까지 꽁꽁 감추어야 했기 때문이다. 헐렁한 책꽂이를 눈여겨 보신 아버지가

"어째 책이 이렇게 없다냐? 돈 없어서 못 사냐?"
하시며 책 좋아하는 딸을 가여워 하실 때면 가슴이 무너져 내리는 것 같았다.

한 번은 연락도 없이 갑자기 들이닥치신 적이 있었는데, 그때의 내 꼴이란……. 마치 아버지가 오신 것이 못마땅하기라도 한 얼굴로 아버지를 불편하게 하면서 간신히 정리를 했던 그날, 아버지가 내려가시고 난 저녁에 얼마나 울었는지 모른다. 그러나 돌이킬 수는 없었다. 아버지한테 뭐라고 사죄를 할 수도 없었다. 평생 잊지 못할 것 같은 그날을, 세상에 대한 핑계의 성질이 다분한 '불심검문의 날'이라고 부르는 것으로 위안을 삼으려 했을 뿐이다.

많은 친구들한테 집안문제가 가장 큰 고민이 되고 있는데, 그런 처신 덕에 내게는 여태껏 집안문제라는 게 없었다. 적어도 눈에 보이게는 없었다.

어쩌다 친구들한테
"우리 엄마, 아버지는 내가 데모하는 거 아직도 모르셔."

160

161
불심검문 시대의 비가

라고 말하면 다들 놀래지만, 사실이다. 우리 엄마, 아버지한테 나는, 뭘 써대는 걸 워낙 좋아해서 학점이 그 모양일 뿐이지 적당히 멋도 부리고, 적당히 놀러도 다니는, 아주 평범하고 착실한 축에 끼는 학생으로 되어 있다.

부모님의 닥달에 치이고 치여 녹초가 된 친구들은 이런 나를 부러워하기도 한다. 그 친구들의 고충을 잘 알기 때문에 뭐라고 말은 못해도, 나 또한 이렇게 죽을 맞이긴 마찬가지다. 데모하느라고 부지런히 뛰어다닌 덕분에, 거의 나은 줄 알았던 관절염이 다시 도졌을 때, 어렵게 지어 주시는 한약첩을 보듬고 얼마나 울어야 했는지 모른다.

부모님을 속일 생각은 정말이지 없었다. 모든 일에 누구보다도 먼저 부모님과 상의하는 것에 익숙해진 나한테 처음에는 무척 갈등되는 일이기도 했다. 그리고 선배들도 부모님에게 먼저 떳떳할 수 있어야 하는 거라고 말했다. 하지만, 1학년 여름방학때 과 학생회에서 시골집으로 붙여 온 엽서 때문에 학생회 선배들이 싸잡아 욕을 들어먹던 날, 나는 결정을 해버렸다.

'죽어도 말해서는 안되겠구나.'

다른 것도 아니고, 엽서 끄트머리에 적힌 '분단 조국 45년 ×월 ×일'이라는 말에 그렇게 민감한 반응을 보이시는 걸 보고는 겁이 났던 것이다.

정말이지 무슨 일을 하든지 부모님께 자랑스러운 막내딸이 되고 싶었다. 그런데도 지금의 나는 내가 꿈꾸어 왔던 것과는 비교도 할 수 없을 만큼 자랑스럽게 커가고 있음에도 불구하고 부모님께만은 보여드릴 수가 없다. 용기를 있는 대로 내서 말씀을 드린다고 해도, 그 뒤의 일에 자신이 없다. 아버지는 다리 몽댕이를 분지르겠

다고 덤비실 것 같고, 엄마는 틀림없이 하염없는 눈물만 흘릴 것이
다.

많이 괴로와도 하고 갈등도 했지만, 나는 지금까지도 부모님을
속이고 있다. 딸의 성장에 가장 중요한 부분을 모르시게 하다니,
정말 이런 불효가 없다.

작년 9월 소설 '오월대'를 출판하게 되었을 때, 그때는 말할 것도
없다. 그저 죄스러울 뿐이다. 글쟁이가 되겠다고 밤잠을 잊는 딸을
어려서부터 지켜봐 오신 부모님인데, 은근히 후원까지 해주셨던
부모님인데, 그런 부모님께 글쟁이가 되었다는 신고식을 할 수가
없는 것이다. 인세라는 걸 조금 받아서 생전 처음으로 아버지께 생
신 선물을 드리면서도, 학보에 뭘 좀 실었다고밖에 말을 못했다.

"그렇게 잠 안 자고 지성이드만, 그래도 니가 전기값은 하는구
나."
하고 기뻐하시던 두 분의 모습이란…….

한 가지를 속이니 거짓말이 가지를 치게 되었다. 컴퓨터를 사 놓
고도 내가 하도 졸라서 언니가 중고를 사 준 것으로 입을 맞추어
야 했고, 아버지가 자취방에 들리시는 날은 그 책부터 감추어야 했
다. 그 책 안에는, 부모님께 떳떳해야 하며 함께할 수 있도록 최대
한의 노력을 해야 한다고 내 손으로 쓴 글이 들어있는데도 말이
다.

정말정말 죽겠다. 내가 왜 이래야 되나 생각하면 너무 화가 나서
울음을 쏟고 만다. 아버지가 갑자기 내 방을 찾으셨던 그날처럼,
언젠가는 내 마음에도 불심검문이 들이닥칠지 모른다. 갈수록 그
날이 가까와오고 있다는 예감이 든다. 순간 위기(?)야 모면할 수
있겠지만, 그 뒤 오랫동안 가져야 하는 죄스러움과 답답함은 어떻

불심검문 시대의 비가

게 하나. 그렇다고 지금에 와서 새삼스럽게, 마치 자수라도 하는 마음으로 '제가요……' 하고 말을 꺼내는 것도 생각할 수가 없다.

아, 정말 성질나 죽겠다. 언제나 되야 나는 굳이 말하지 않아도 되고, 감추지 않아도 되는 당신의 자랑스러운 딸이 될 수 있을까.

세 마당. 날씨 따뜻하니까 식민지 아닌 것 같죠

민족 전대 잘 있소?

1.

1학생회관 2층 총학생회실 창가에 서면, 용봉골이 다 보인다. 도서관 뒤에 숨은 예술대 건물도, 응큼 동산에 가려진 공대 건물도, 눈앞에 보이듯이 가슴에 그려진다. 단 한 조각, 내 발자국이 찍히지 않은 곳이 없는 33만 평 드넓은 교정이 그렇게도 세세하게 마음에 새겨져 있는 것이다.

졸업을 앞두고 있어서 그런지, 건물 하나하나에 새삼스럽게도 정이 간다. 빈터는 줄고 자꾸 건물만 들어서니 갈수록 삭막해지는 것만 같아 도무지 정이 가지 않던, 덩치 큰 새 도서관과 단장된 봉지도 이제는 한 식구, 자주 학원을 위해서 그저 싸움의 대상으로만 생각했던 본부 건물도 이제야 품에 보듬는다.

5·18광장의 땡볕, 냄새만 지독하던 흙구덩이 봉지, 불덩이로 달려가던 승희의 그날, 정문의 북소리, 시민들과 함께하던 후문의 사박자 춤…… 눈을 감으면, 흐르는 눈물처럼 미소처럼, 민족 전남대학교가 거기 있다.

정겨운 것이 어디 건물뿐이랴. 해마다 나가고 들어오는데도 늘

2만으로 출렁이는 학우들의 모습은 더 그렇다. 일일이 인사를 나누지는 않았지만, 나는 어디에서든 무리 속에서 우리 학교 학생들을 골라 낼 수 있을 것 같다. 실제로, 길을 가다가 만난 모르는 사람을 보고 '어? 저 사람 우리 학교 학생인데……'라고 생각하고 말을 걸 뻔한 적이 적지 않다. 이유를 대라면 할 말이 없다. 단지 느낌, 낯설지 않다는 느낌 때문이니까…….

2.

고등학교때, 나는 한 가지 굳은 결심을 가지고 있었다. 어떤 상황에서도 전남대학교만은 죽어도 가지 않겠다는 것이었다. 차라리 어디 충청도나 강원도로 갈 망정, 아는 사람들이 득시글대는 광주에서는 재미가 하나도 없을 것 같았다.

요컨대, 꿈꾸기를 좋아하는 철부지였던 나는 '미지의 삶터'를 찾고 싶었던 것이다. 그래서 이 민족 전대를 제외한 학교 목록을 펼쳐 두고, 어디로 갈까, 행복한 고심을 하다가 마침내 한 학교를 선택했다. 그래서 네 번인가 있었던 배치고사에서, 지망 학교란에 그 학교, 그 과를 적어 넣는 것으로 내 결심을 굳혔다.

그럼에도 불구하고 나는 지금 전남대학교 학생이다. 딸내미를 서울로 유학 보낼 수 없다는 가난한 아버지의 단호한 명령 앞에서, 차라리 학교에 안 가고 말겠다는 철없는 고집으로 몇 날 며칠 밥도 안 먹고 울기도 했지만, 끝내 우리 학교에 입학을 했던 것이다.

세 마당. 날씨 따뜻하니까 식민지 아닌 것 같죠

그리고 얼마 가지 않아 나는 이 학교에 보내 주신 아버지께 진심으로 감사하게 되었다. 그것은 내가 바라던 학교에 갈 수 없었던 것이 내 아버지의 가난 때문만은 아니며, 또한 많은 친구들이 나처럼 어느어느 대학을 꿈꾸지도 못하고 일자리부터 수소문해야 했던 현실을 정말로 뼈아프게, 부끄럽게 깨닫게 되었을 때부터이다.

1학년 겨울이던가, 내가 그렇게 가고 싶어 했던 학교에 다니는 친구를 만났다. 그때 벌써 민족 전대에 푹 빠져 있던 나는, 그 친구 앞에서 정말로 자랑스러웠다. 다른 지역 다른 학교 친구들을 만날 때면, 내가 광주라는 도시에서, 그것도 민족 대학의 본보기라고 자타가 공인하는 학교에 다닌다는 사실만으로도 괜히 우쭐대지곤 했으니까.

친구에게 대학에 와서 배웠던 새로운 것들, 내 하루 생활, 내가 만나는 사람들 이야기를 한참 동안 신나게 들려주다가 이런 이야기를 했다.

"내가 만약 지금, 여기에 있지 않았다면, 어떻게 이 사람들을 만나고 이런 생활을 배울 수 있었겠냐?"

친구의 대답은, 그건 다른 데서 살았더라도 또 다른 사람들을 만나면서 느낄 수도 있는 문제라는 것이었지만, 그 말이 내 자부심을 한풀 죽이지는 못했다.

겸손한 척하면서 티 안 내고 자랑할 줄을 몰랐던 탓에, 때로는 자부심이 지나쳐 턱없이 으시댔던 기억도 있다. 우리 학교를 너무너무 높은 곳에 올려 놓다 보니, 다른 훌륭한 학교들이 모두 눈 아래 있었다. 똑같이 진리를 캐는 청년들이 살고, 똑같이 시대를 보듬고 뒹구는 학생들의 보금자리였음에도 불구하고, 모든 일이 마치 우리 학교에서나 있을 수 있는 일인 양 유난을 떨었으니, 꽤나

민족 전대 잘 있소?

아니꼽게 보였을 것이다. 상대 뒤 식당에서 백반이 600원 하던 시절, 우리 학교에 오면 600원짜리 근사한 점심을 대접하겠다고 밥값 싼 것까지 자랑할 정도였으니…….

밖으로 잘난 척한 만큼 안으로도 학교를 사랑했는지에 대해서는 반성을 좀 해봐야 할 것 같다. 다만, 껌종이 한 번 함부로 던져 본 적 없고, 한 쪽이 뜯어진 대자보를 보고 그냥 지나친 적도 없었으니, 애교심이 F학점은 아니었다고 자평해 본다.

3.

방학때까지도 지겨울 만큼 누비고 다녔던 학교를 무슨 일로 며칠 못 나오게 되기라도 하면, 문득 학교가 그리워진다. 그리고 일을 마치고 다시 등교를 할 때는 교문에 들어서면서부터 마음이 상쾌해지면서 괜히 설레기조차 한다. 그럴 때면 친구들이나 후배들에게 이렇게 묻곤 한다.

"내가 학교 비운 동안 별일 없었지?"

생각해 보면 우스운 말이다. 학교를 비우다니……. 내가 없어도 일만 몇천 명이나 되는 학우들로 꽉 차 있는 학교를 비우다니……. 그것은 제가 없는 동안 제 삶터의 안부를 묻는 경우와 똑같다.

지난 여름, 점거농성 건으로 양심수가 되었던 후배를 면회갔을 때의 일이다. 10분이라는 짧은 시간 동안 많은 소식을 전달해 주기 위해 쩔쩔 매고 있는데, 후배 녀석이 씽긋 웃으며 물었다.

세 마당. 날씨 따뜻하니까 식민지 아닌 것 같죠

"누나, 민족 전대 잘 있소?"

4.

1학생회관 2층 총학생회실에서 보면 내 청춘 4년이 보인다. 교정의 나뭇잎 한 잎마다에 매달고도 남을 땀방울이 보인다. 3년 동안 제 집처럼 드나들면서, 청소하는 아저씨, 식당 아줌마까지 모두 가족처럼 지냈던 2학생회관 생활이 보이고, 힘겨운 일이 닥쳤을 때 덤벼 보지도 않고 겁부터 내는 나를 질책했던 최고 학년 시절이 보인다.

이제 4년 동안, 평생의 귀중한 재산이 될 고마운 배움들을 얻으면서 울고 웃었던 무수한 사연과 추억들을 보듬고 졸업을 한다. 새로운 곳으로 씨를 뿌리러 떠난다.

내가 졸업을 하면, 이 학교는 비워진다. 하지만, 민족 전대는 쓸쓸해지지도, 허전해지지도 않을 것이다. 내가 비운 자리는 후배들과 새로운 식구들의 땀내나는 손으로 다시 채워질 것이기 때문이다. 그 손길들이 있기에, 이 다음에 시간이 많이 지난 후에

"민족 전대 잘 있지요?"

하고 물었을 때, 언제나 고개를 끄덕여 줄 것을 믿는다. 나 또한 새로운 곳에서 사회의 어느 한 곳을 실속 있게 채우는 사람이 되어, 고개 끄덕이는 민족 전대 앞에 부끄럽지 않은 모습으로 서야겠다. 각오가 새로워진다.

민족 전대 잘 있소?

네 마당. 이 여자가 사람답게
살 수 있는 방법

이 여자가 사람답게 살 수 있는 방법

쉰일곱의 꽃밭

욕쟁이를 위한 변명

감사합니다, 주님

작은 일에만 분개하는 사람들

잠자리가 편하십니까

이 아이를 어떻게 키워야 하나요

가난뱅이의 과소비

이 여자가 사람답게 살 수 있는 방법

"이건 정말 사는 게 아니야."

빨래를 널던 언니가 손을 놓고 신음하듯 말했다. 나는 건조대 쪽을 한번 쳐다보고는 안타까운 눈빛을 잠시 보내다가, 이내 보고 있던 책으로 눈을 빠뜨렸다.

나는 지금 수원에 있는 '의오라버니'네 집에 와 있다. 방금 나를 안타깝게 만드는 신음소리를 냈던 언니는 오라버니의 아내, 즉 올케언니이고, 내 동아리 선배이기도 하다.

아침부터 줄곧 기분이 언짢아 보이더니, 드디어 그 속을 내보이기 시작하나보다. 아무 말도 하지 않고 표정만 저기압일 때는 긴장이 되더니, 그 신음 같은 한마디를 듣고 나니 조인 것이 탁 풀린다. 언니의 그 사는 것 같지 않다는 소리를 듣는 것이 벌써 한두 번은 아니고, 그 이유까지도 몇 차례에 걸쳐 상세히 들었기 때문이다.

결혼한 지 이제 딱 세 달 된 언니가 그처럼 비참한 말을 내뱉은 것은 내가 이 집에 있는 보름 동안에만도 다섯 번은 넘는다. 6년 가까운 연애 끝에, 사랑하는 사람과 꿈 같은 결혼을 한 신혼의 주부가 이런 슬픈 말을 왜 그렇게 자주 하게 되었을까.

'여성용'이라는 유쾌하지 않은 수식어가 붙은 영화나 드라마에서처럼 결혼의 환상이 깨어져서는 아니다. 내가 알기로 언니는 결혼의 환상 같은 것은 가진 적도 없다. 남편의 무관심과 학대는 더더구나 아니다. 신랑은, 정말이지 우리 오라버니여서 하는 말이 아니라, 혼자 있는 아내를 위해 하루 한 번 꼭 전화를 하고, 될 수 있으면 퇴근 시간도 지키는 가정적인 가장인데다가, 아내의 가사일을 존중하고 분담할 용의도 가지고 있는 깨어 있는 남편이다. 달달이 월급봉투도 들어오고, 그다지 박봉도 아니니 생활에 크게 쪼들리는 것도 아니다. 시부모님은 멀리 마산에 사시고 아직 생활능력을 가지고 계시니 고부갈등도 없다.

이러한 것들에는 거의 불만이 없는 언니가 정말 절규하고 있는 것은, '아무것도 할 수 없는 상황'이라는 것이다. 적어도 내가 보기에는 언니가 가사를 경시하는 잘못된 생각을 갖고 있다든가, 집안일이 지겨워져서 그런 생각을 하는 것은 아니다.

이 집에서 지낸 지 사흘쯤 되었을 때다. 언니가 '나 사는 거 한심하지?'라고 씁쓸한 미소를 던졌을 때, 나는 언니의 절규를 절반쯤 이해할 것 같았다. 내가 엿본 언니의 하루 생활을 잘라 보면 이렇다.

………

기상 시간은 여섯 시 반. 그러니까 언니가 답답함과 자조감으로 보내야 할 하루가 여섯 시 반에 시작되는 것이다. 두 사람이 다 정신없는 가운데, 오라버니가 허둥지둥 준비하고 밥먹고 출근을 해버리고 나면, 혼자서 보내야 하는 시간과 혼자서 해결해야 할 일들만 남는다.

가사일이 다 자동화 되어가는 마당에 할 일이 뭐 그렇게 많을

네 마당. 이 여자가 사람답게 살 수 있는 방법

175

이 여자가 사람답게 살 수 있는 방법

까. 청소기니 세탁기니 하는 기계들이 주부를 돕는 것은 확실하지만, 내가 보기에는 순진하고 무식한 남자들에게 '여편네만 편안한 세상'이라는 불만을 갖게 하는 데 더 큰 기여를 하는 것 같다. 기계가 아무리 잘 돌아가도, 사람의 손이 닿지 않고 이루어지는 일이란 한 가지도 없으니까. 뿐만 아니라, 은행과의 거래나 시장보기 등 기계의 도움을 받을 수 없는 일들도 고스란히 여자의 일이어서, 결코 가사가 작은 일은 아니다.

시간이 남는 날은 이웃 아줌마들하고 이야기라도 했으면 좋겠지만, 지하층 소정이네는 남편이 삼교대 근무를 하기 때문에 언제 혼자 있게 되는지를 몰라서 놀러를 못 가겠고, 2층 예슬이 엄마는 애들 뒤치닥거리에 뭐에 늘 바빠하기 때문에 엄두를 내지 못한다.

언니가 책보기를 좋아하기는 하지만, 그렇다고 진종일 활자하고만 이야기를 할 수는 없는 일이다. 그러다 보면 자연히 전화통을 붙잡게 된다. 그것도 수원 시내에는 아는 사람이 거의 없기 때문에 시외통화를 하자니 통화료 무서워서 맘놓고 할 수도 없는 것이지만, 전화라도 없었다면 입 안에 곰팡이가 슬 지경이니, 그나마 얼마나 다행인가.

기타 등등을 일일이 늘어 놓지 않아도 이쯤 되면 짐작을 할 수 있을 것이다. 그녀의 생활이 어떠하며, 바라는 것은 무엇인지를……

언니는 일을 하고 싶다. 사회라고 하는 공기를 듬뿍 마시고 싶고, 돈도 벌고 싶다. 아니 그보다, 아무도 찾지 않는 외딴 골목에 쭈그리고 있는 느낌에서 해방되고 싶다.

그러나 일하고 싶은 의욕으로 가득 차 있는 언니를 오라는 곳은 없다. 기껏해야 결혼 전 학원강사 경력을 인정해서 보험 아줌마가 과외 아르바이트를 주선해 주었을 뿐이다.

언니가 하고 싶은 일이란 그런 것이 아니다. 사람들을 만나고 싶고, 생활을 나누고 싶다. 좁디좁은 취직문 앞에서 특별한 전문분야에 도통한 사람도 아닌 바에 욕심을 부리지도 않는다. 할 수 있는 것이라면, 여러 사람을 만나고 보람을 느낄 수 있는 것이라면 무엇이든 좋다.

언니는 시내의 공장에서 생산직 노동자로 일할 생각도 있었다. 그러나 우선은 사업자들의 대졸 노동자에 대한 편견에 도전할 자신이 없다. 겨우 설득을 해서 취직이 된다고 해도, 정상적인 가정생활을 보장해 주지 않는 작업장의 현실도 만만해 보이지 않는다.

식당 설거지나 음식을 나르는 일도 생각해 보았다. 그것은 우선, 오라버니가 반대한다. 억지를 부릴 수도 없는 것이, 사회는 이미 그런 일들에 대해, 정숙한 주부가 할 만한 일이 아니라는 도장을 찍어 두고 있다. 언니는 그러한 편견 속에서라면 오히려 짐이 될 뿐이라고 생각했다.

그렇다면 이 넓은 세상에 내가 할 수 있는 일이란 없는 것인가. 사회는 더 이상 나를 필요로 하지 않는단 말인가. 세상이 뭔가 잘못된 거야, 내가 너무 무능한 거야?

생각은 거기까지 이르고, 그 뒤에 찾아오는 것은 비참함뿐이다.

그런 고민을 하는 사람이 우리 언니만은 아닌 모양인지 TV나 잡지에서는 심심찮게 그 문제를 다루고 있다. 잘하면 혹시 답답증을 풀고 길을 찾을 수 있을까 해서, 아니, 동병상련의 위안만이라도 얻을 수 있을까 해서 열심히 들여다보지만, 그러나 매번 기대는 무너졌다. 그런 것들은 대개 이 문제를 '남편의 몰이해'나 '가정과 사회 중의 선택'의 문제로 몰아가서는, 남자들의 이기심이 문제의

177

본질인 것처럼 말한다. 기껏해야 성의 불평등을 낳은 사회풍토에 대한 성토가 원인분석의 전부인 것이다. 그리고 결론은 항상 '여자가 당당하게 밀어붙이면 승리한다'라는 말로 정해져 있다. 그게 아니면, 아주 드물게 잘난 여자들을 등장시켜 놓고 그들을 따라 배우라고 한다.

다시 한숨을 포옥 쉬어대는 언니. 후유. 우리 언니가 어떻게 해야 할까. 한숨이나 푹푹 쉬어대다가 면역이 되면 적당히 포기해 버리고, 그러려니 하고 계속 살아간다?

아, 정말 이 여자가 어떻게 해야 사람답게 살 수 있을까.

네 마당. 이 여자가 사람답게 살 수 있는 방법

쉰일곱의 꽃밭

　책장을 넘기는 후배의 손이 반짝, 예뻐 보인다. 단정하게 깎은 손톱에 주홍색 봉숭아물이 들어 있어서였나 보다. 시골집에 다녀 왔다더니 어젯밤 착실히 물을 들였는지, 아직 손톱가의 살갗에까지 든 물이 빠지지 않았다.

　하얗고 상하지 않은 꽃송이로만 골라서 정성껏 찧고, 백반가루를 섞어서 손톱 위에 곱게 얹어 꽁꽁 매 두고, 아침에 이뻐져 있을 손톱을 생각하며 즐겁게 잠을 청하던 시절이 떠오른다. 막 말을 배우기 시작할 때부터 고등학교때까지, 해마다 여름이면 기쁘게 치루곤 했던 하나의 행사이다. 언제부터인가 무심히 지나치기 시작하면서, 이 해에도 이렇게 가을이 닥쳐오도록 내 손톱은 그냥 하얗지만, 그 어린 시절의 기억만은 무슨 자랑거리처럼 내 마음에 남아 있다.

　여름방학이 시작될 무렵이면 우리 집 초록색 양철대문 밑에는 재잘거리는 웃음소리가 퍼지곤 했다. 아무도 돌봐주지 않는데도 저 혼자서 착실히 꽃을 피운, 무성한 봉숭아 꽃밭 속에서, 고만고만한 아이들이 제각각 꽃을 찧으며 노니는 소리였다.

　동네에서도 우리 집에는 봉숭아가 제일 많았다. 꽃 좋아하는 우

리 엄마가 어느 해에 씨를 뿌린 뒤부터 점점 무성해졌기 때문이
다.

엄마는 꽃을 좋아하셨다. 특별한 경우를 빼고는 꽃을 좋아하지
않는 사람이야 없겠지만, 우리 엄마는 '특별히' 좋아하셨다.

웃자란 부추잎에 올망졸망 달린 부추꽃(?)도 좋아하셨고, 텃밭
모퉁이에 가꾸어 놓은 도라지의 희거나 보랏빛인 꽃도 좋아하셨
다. 들길마다에 제멋대로 피어난 자운영이며, 토끼풀(클로버를 그
렇게 불렀다)에 피는 시계꽃도, 다 피기 전에 똑똑 따버리는 감자
꽃도, 엄마에게는 다 이쁘기만한 꽃이었다.

그렇게 꽃을 좋아하셨기 때문에, 엄마는 집 안에 꼭 부엌방만한
꽃밭 하나를 갖고 싶어 하셨다. 부엌방만한 꽃밭만 마련되면 거기
다가 다알리아도 심고, 국화도 심을 텐데…… 하셨다. 하지만 그것
은 소박한 마음을 가진 한 시골아낙네에게는 소망일 뿐이었다.

우리 집은 꽤나 넓었고, 또 담 밑에 있는 높다란 둔덕을 일찌감
치 찍어 두고 계셨기 때문에 '부엌방만한' 터는 얼마든지 있었지
만, 문제는 그것을 가꿀 여유가 없다는 것이었다. 농삿일이 사시사
철 엄마를 붙잡고 있었고, 시부모 봉양에, 성질 급한 아버지 시중
에, 그만그만한 자식들 뒤치다꺼리에, 엄마한테는 '꽃밭 따위'나 가
꾸고 있을 시간도 여유도 주어지지 않았다. 그래도 벌판에 그냥 자
란 꽃만 바라보기에는 성에 안 찼던지, 대문 옆에다가 손길이 거의
필요 없는 봉숭아며 채송화를 심으셨다.

지난 봄의 일이다. 우리 집은 작고 편리한 집을 지어서 한 백 미
터쯤 이사를 했다. 많이 낡기도 했고, 할머니, 아버지, 엄마, 이렇게
함께 늙어가시는 세 분이 살기에는 집이 너무 컸기 때문이다. 바쁘
니 어쩌니 해대느라, 나는 이사를 하고도 한참 만에야 시골집을

내려갔다.

봄볕이 고웁던 그날, 조금은 설레이면서 처음 찾은 새집 마당에 들어서는 순간, 눈앞이 환해졌다. 말끔하게 시멘트가 칠해진 마당 가로, 화사하게 내리는 햇살 속에 튤립이며 백일홍이 반짝이며 줄지어 피어 있었다. 한 쪽에는 또 금잔화 같은 키작은 꽃들이 살랑거리고 있었다.

"아이고, 한 일 주일은 걸렸을 것이다. 느그 엄마 성화에 리어카에다가 흙 날라다가 붓고 다지고 한 것이…… 뒷골 동산 흙을 다 파와 갖고, 동산 안 무너져 부렀는가 모르겠다."

너무너무 이쁘다는 내 품평에 아버지가 엄살처럼 붙이는 말씀이다.

"이쁘지야? 여름에는 대문 우그로 장미도 필 것이고, 가을에는 집 앞에 코스모스도 필 것이다."

흐뭇해 하시는 엄마의 말씀.

아아, 우리 엄마, 드디어 평생 소원을 이루셨네요.

꽃밭가에 촘촘히 박힌 돌덩이에 앉아 나는 속으로 소리치고 있었다. 자식들 키워 다 내보내고 농사지을 기력까지 빠져 버린 뒤에서야 갖게 된 꽃밭이지만, 매일 그 꽃밭을 보며 흐뭇해 하실 엄마에게 진심으로 축하를 보내는 마음이었다. 엄마가 맡아 키우고 있는 조카아이를 유모차에 태우고 마당을 왔다갔다 하시던 아버지가, 그런 나를 바라보며 말씀하셨다.

"나, 평생 느그 엄마랑 같이 일했어도 그렇게 흥내서 일하는 것은 첨 봤다. 리어카 밀고 다니면서 땀으로 목욕을 해도, 돌아보믄 싱글벙글 돌아보믄 싱글벙글…… 아이, 느그 엄마가 그렇게도 좋아할 일을 내가 왜 평생 못 해줬는가 모르겠어야."

181

쉰일곱의 꽃밭

아버지는 웃고 계셨지만, 엄마에 대한 미안함이 가득 배인 얼굴이었다. 빨래를 널고 계시던 엄마도 그냥 듣고만 있을 수 없었던지 한마디 하신다.

"별 소리를 다 하요. 그것이 당신 때문이라요? 다 그놈의 일 때문이제……."

한 조그마한 집 마당가에서 펼쳐진 그 풍경에 나는 울컥 목이 메어 왔다.

다음 번 시골에 내려갈 때는 엄마를 위해 내년 봄에 꽃 피울 꽃씨를 몇 봉지 준비해야겠다. 한 생애를 흙에 바친 엄마의 수고로운 노동의 결실이 그렇게 곱게 곱게 피어나길 바라면서…….

네 마당. 이 여자가 사람답게 살 수 있는 방법

욕쟁이를 위한 변명

어제 낮에 나는 참말로 오랫만에 깨복쟁이 친구 하나를 만났다. 콧잔등 살갗이 허옇게 벗겨지도록 볕 속에서 뛰어놀고, 손등이 벌겋게 트도록 나이먹기며 십자가놀이에 정신을 팔던 때, 놀다가 자기 편이 지고 있으면 괜히 심술이 나서 핏대 세워 억지를 써대기도 하던 친구였다.

우리는 새삼 어린 시절 추억 속으로 들어가서, 튀밥을 조금 더 줬으면 싶던 탁아소 이야기며, 진달래 꽃을 따러 비봉산에 들어갔던 얘기에 정신을 놓았다.

학교에 다니는 친구들, 공장으로 떠난 친구들, 군에 간 친구들의 소식을 묻고 듣기도 했는데, 같이 자란 아이들 중에 벌써 시집을 간 친구도 더러 있었다.

고무줄을 하고 있으면 고무줄을 끊어 먹고, 공기놀이를 하려고 잔돌을 모아 놓으면 모조리 가져가 버리던 동네 머슴애들 얘기를 하고 있을 때, 친구가 갑자기 말을 잘랐다.

"얘, 근데 너 어째 그렇게 입이 험해졌냐?"

뜻밖이라고 여기는 것 같기도 하고, 재미있어 하는 것 같기도 한 표정이었다. 내가 그랬나 하고 생각해 보니, 정말로 나는 시종일관

영제 놈, 종운이 놈, 누구누구 놈, 그 무엇무엇한 놈들이 어쨌다라
는 식으로 얘기를 하고 있는 것이었다.
"어떻게 그렇게 되드라."
적당히 얼버무리려는 내 대답이었다.
아무렇지도 않게 유쾌한 시간을 보내긴 했지만, 친구와 헤어지
면서 곰곰 생각해 보니 어째 좀 쓸쓸하다. 말만한 기집애가 다른
사람도 아니고 소꿉친구한테 말 험하다는 소리나 듣고 다니다니
…….
그 친구가 별스런 흥미를 가지고 내 말투를 걸고 넘어진 데에는
이유가 있었다. 그 이유 또한 다른 데서 나오는 게 아니라 어렸을
적 추억에서 비롯된 것이다.
어린 시절, 그러니까 어제의 그 친구와 함께 동네 탁아소에 다니
던 때, 나한테는 아주 서럽고도 간절한 소망이 하나 있었다. 그것
만 이룰 수 있다면 날마다 잘난 척도 하고 재미있게 살 수 있을
것 같았다. 늘 소망만으로 끝났기 때문에 나를 늘 주눅들게 했던
그것은, 다른 게 아니라 한 번이라도, 꼭 한 번만이라도 그 친구에
게 아주 멋지고 심한 욕을 해주는 것이었다.
그 나이 또래의 아이들이 대개 그렇듯이, 아주 붙어서 살다시피
친하면서도 하루 걸러 하루는 꼭 치르고 넘어갔던 그 아이와의 말
다툼에서, 늘 내 편이 져야 했던 설움이 쌓인 때문이었다. 내 말문
을 막아 버리고, 거의 대부분의 경우 훌쩍거리면서 집에 돌아가게
만들었던 그 아이의 무기는 다름 아닌 '욕'이었다.
다툼의 시작은 늘 작은 곳이었지만, 그 아이가 무차별 쏘아대는
그 욕으로 인해서, 싸울 때마다 우리는 다시는 안 볼 사이처럼 돌
아서야 했다. 지금도 기억나는 몇 가지 다툼의 추억 속에는 이런

것도 있다.

우리가 다녔던 탁아소의 앞마당에는 마주앉아서 타는 그네 하나와 어른 키만한 미끄럼틀 하나가 있었다. 그네는 한 쪽 기둥이 부러지는 바람에 금새 천시를 받았고, 얼마간은 미끄럼틀이라도 타려고 아귀다툼이 일어나곤 했지만, 차츰 그것도 놀이감으로 시시해져서 탱자나무 울타리 옆에 버려지게 되었다.

어느 날, 동네에서 가까이에 있는 중학교에 놀러를 갔다가 그 친구와 나는 아주 근사한 놀이를 생각해 냈다. 중학교 쓰레기장 주변에 흩어져 있는 토막분필을 주워다가 반질반질한 미끄럼틀 쇠판 위에 그림을 그리는 것이다. 집에서 행주로 쓰던 헌 메리야스 조각을 조금만 뜯어 오면, 그것은 훌륭한 지우개가 되어 주었다.

우리는 그 놀이가 무척 마음에 들어서 머리를 높이 올린 공주를 그리기도 하고, 그 즈음에 막 배우기 시작한 가나다라를 쓰기도 했다. 처음에는 위아래 가리지 않고 아무데나 끄적거렸지만, 어느 날 우리는 서로 그리고 싶은 그림이 다르고 쓰고 싶은 것도 다름을 알게 되었고, 각자 하고 싶은 것을 할 수 있는 자기영역이 필요하다는 데 동의했다. 그래서 그날부터 손뼘으로 길이를 재서 똑같이 나누고 금을 그었다. 위쪽은 아무래도 그림을 그리기가 더 힘이 들었기 때문에, 하루는 내가 위쪽이면 또 하루는 그 아이가 위쪽을 차지하곤 했으니 퍽 공평하기도 했다.

어느 날이었다. 그림을 그리는 데도 얼만큼 싫증이 나기 시작한 해질 무렵, 손을 잘못 놀려서 내 분필이 금을 넘어서고 말았다. 평소에 성질 잘 부리고 목소리도 사나운 그 아이의 성미를 잘 아는 탓에, 나는 깜짝 놀랐다.

"너 왜 내 금 넘어 오냐?"

욕쟁이를 위한 변명

"모르고 그랬어."

"너는 맨날 모르고 그랬다믄 다드라."

"내가 언제……."

"가시내야, 거짓말 허지 말어야."

"내가 뭘 거짓말을 해야. 지는 맨날 성질만 냄서는……"

"뭐야. 미친 년이 무담시 남의 금 넘어와 놓고 그러네에."

그리고는 바로 야, 이 년아, 저 년아 판이었다. 어디서 그런 어려운 욕들을 들어 두는지 정말 막힘이 없었다.

항상 그렇듯이 나는 아무 소리도 못하고 엉엉 울면서 집에 돌아오고 말았다. 그리고는 밤새 내 나는 왜 욕을 하지 못할까, 나도 할 수 있는데 하는 생각에 잠을 설쳤다. 얼마나 한이 되었으면 연습을 한답시고 엄마가 장에 갔다 오면서 사다 준 네모칸 공책에 삐뚤빼뚤, 철자도 틀려가며 내가 아는 욕들을 적어 보기까지 했을까. 지금도 그 공책이 귀퉁이를 쥐에 뜯긴 채로 다락에 있는데, 앞의 말은 무슨 말을 쓰려고 했는지 알아보기도 힘들고, 분명한 것은 "년"자뿐이다.

그랬던 내가, 이제는 그렇게 욕 잘하고 사납던 그 아이도 어엿한 여대생으로 말쑥한 말을 해내는 지금에 와서, 외려 그 아이한테 말 험하다는 소리를 들을 만큼 거친 입을 갖게 된 것이다.

짐작하건대, 그것은 아마도 거의는 싸움터에서 길들여진 것이라고 생각한다. 욕 얻어먹어 마땅한 짓을 하는 놈들을 이야기할 때면 대충 논리를 따져 얘기를 하다가도, 검은 투구를 쓴 딱정이들만 보면 이상하게도 욕설이 튀어나오는 것이다.

이 개만도 못한 놈들아, 야, 미친 놈들아, 호랭이가 물어갈 놈들아아—.

그것은 분명히 빛나는 투구를 쓴 그들을 향한 욕은 아님이 분명
한데도 말이다.

다시 생각컨대 욕할 줄 아는 아이가 되는 게 소원이었던 내 어
릴 적 어이없는 꿈을 이룬 것은, 사정 없이 욕이라도 퍼부어대지
않으면 못 견디게 하는, 한줌의 썩어 빠진 문둥이 같은 인간들 때
문일 것이다.

욕쟁이를 위한 변명

감사합니다, 주님

　원래 TV를 즐겨 보는 편이 아니지만, 보고 있으면 전기 아깝다는 생각만 들게 하는 빤한 멜러드라마나 번쩍거리는 쇼프로그램들 사이에, 그래도 볼 만하다는 생각이 들게 하는 프로가 있다. 월요일, 저녁밥을 먹으면서 TV를 켜 보면, 세상 별났거나 한스럽고 기구한 사람들을 쫓아가는 "인간시대"를 시청하게 된다. 인생을 모험적으로 즐긴다거나 좀 특별하게 사는 사람들 이야기를 다루기도 하지만, 자신의 의지와는 상관 없이 일생 동안 한을 안고 사는 사람들의 이야기가 대부분이다. 그래서 새끼 팔려 보낸 어미개만 봐도 눈이 축축해지는 우리 엄마 같은 사람한테서 기어이 눈물을 뽑아 내고야 만다.

　나는 지금 모처럼 내려온 시골에서 청국장을 마주하고 앉아, 그 "인간시대"를 막 보고 난 참이다. 오늘 이야기는 충청도 어느 시골 마을에서 교회의 종을 치는 할머니 이야기였다.

　할머니는 손바닥만한 부엌이 딸린 작은 방에서 혼자서 아침을 맞고 밤을 보낸다. 열여섯에 보리 한 됫박 없는 집에 시집이라는 것을 와서 일곱 딸과 네 아들을 낳았지만, 지금 할머니 곁에는 아무도 없다. 남편과 사별을 한 것은 그리 한스럽지도 않은 일이란

다.

　아들 셋과 딸 넷은 키워 보지도 못하고 서너 살을 못 넘겨 저 세상으로 보냈다. 그래도 그 아이들을 보낸 건 육십 년이 다 되어 가니, 가끔 불쌍한 생각이나 들지 잊어버리는 날이 더 많단다. 그러나 이십 년 전에 교통사고로 잃은 하나 남았던 아들은 꿈에나 생시나 할머니의 야윈 가슴을 쿵쿵 찧는다. 객지로 출가를 한 셋 남은 딸들 중에는 이제 할머니 소리를 듣는 딸도 있어서 어차피 같이 늙어 가는 처지가 되었지만, 할머니는 그 딸들을 그다지 반기지 않는다. 딸을 보면, 먼저 보낸 일곱 아이에 대한 어미로서의 죄책감이 숨막히게 조여 오기 때문이다.

　대신에 할머니에게 유일한 낙이 되어 주는 일은, 아들이 죽은 후로 하루도 걸러 본 적이 없는 교회 종을 치는 일이다. 종신을 움직이는 줄을 당기면서 할머니는 날마다 기도를 한다.

　"주님, 감사합니다. 감사합니다, 주님."

　이쯤되면 상 물리는 것도 잊고 오만상을 찌푸린 채 TV에 꽂아 두던 우리 엄마의 눈에는, 글썽글썽 눈물이 고인다. 시상에. 시상에……

　어찌 보면 너무 냉정해 보인다 싶으리만치 차분히 방에 앉은 할머니는, 남은 생애 소원을 묻는 취재자에게 대답한다.

　"하이고, 소원이요? 늙디늙은 것이 소원은 뭔 소원이래유. 그저 저녁에 잘 때느은 이대로 내일 아침에 눈 안 뜨게 주님이 영영 데리고 갔으믄 하는 거고요, 아침에 일어나서느은 기왕 살았으니 오늘 하루도 선하게 살게 해주시유 하는 거제."

　눈물을 훔치면서 마지못해 일어선 엄마가, 밥상을 들고 부엌에 내려 서시면서 한마디 하신다.

감사합니다, 주님

"시상에는 저런 놈의 팔자도 있당께."

오늘 인간시대를 보고 있으니 생각나는 할머니가 또 한 분 계신다. 그 분 역시 일전에 TV 특별프로에서 만난 할머니다.

그 할머니는 낙동강이 내려다뵈는 언덕에서 일곱 살 난 손자 녀석이랑 둘이서 산다. 집이라고 있는 것이 판자를 얼기설기 잇대어 지은 것이라서, 강바람이 조금만 화를 내면 오래된 전화번호부를 뜯거나 굴러다니는 신문지를 꼬깃꼬깃 뭉쳐서 빈틈을 막아야 한다. 그나마 내년 봄이면 무허가 주택으로 헐리게 된단다.

그래도 거의 매일 종이를 오그려 바람을 막고 살고, 낼모레면 그 집마저 헐리게 될지라도 할머니는 매일 저녁 언덕 아래 식당에 일당 오천 원짜리 청소를 하러 가야 한다. 알콜중독으로 병원에 갇혀 있는 아들이나 자식을 버리고 야반도주한 며느리를 생각하면, 당장이라도 살기가 싫어진다. 그러나 이 모든 고통과 슬픔도 손자 녀석 민우의 병만 낫는다면 아무것도 아닐 성싶다.

민우의 병은 이름만 들어도 섬찟한 뇌종양. 일당 오천 원으로는 검사비도 대지 못하는 처지라서, 민우는 그저 죽을 날만 기다리고 사는 셈이다.

그런 할머니도 깊은 밤이면 깨끗이 닦은 상 위에 성경책을 펴두고 십자가 목걸이를 쥔다. 눈에서는 하염없이 눈물이 쏟아져 내리고 울먹거리면서 연신 중얼거리는 말,

"오늘도 우리 민우 지 곁에 있게 해주시니 감사합니다. 참말로 감사합니더, 주님."

그날은 같이 TV를 보던 언니가 한마디 했다.

"세상에. 저런 할머니가 세상에 무슨 감사할 일이 있다고……

네 마당. 이 여자가 사람답게 살 수 있는 방법

봐라, 저런 사람들도 감사하는 마음으로 사는데, 너는……."

　오도가도 못하게 무겁게 지워진 숙명을 감사로 돌려 내게 한 힘
은 무엇일까. 이렇게 화가 나는데도, 그것은 아름다운 것일까.
그것이 맞다면 나는 얼마나 자주 감사하다는 말을 하면서 살아야
하는 걸까.
　인간시대를 보면서, 특별방송을 보면서, 불평보다 먼저 감사할
줄 아는 사람들을 보면서, 새삼스러운 의문들이 신경질나게 이어
졌다.

감사합니다, 주님

작은 일에만 분개하는 사람들

벌써 언니는 여러 차례 송수화기를 들었다 놓았다 했다. 전화번호를 누르는 손에 신경질이 잔뜩 묻어 있더니, 언니의 얼굴이 표정을 바꾼다. 계속 통화중이던 저쪽에 마침내 신호가 가는 모양이다. 언니는 무슨 새로운 각오라도 하는 사람처럼, 큼하고 가볍게 목을 가다듬었다.

"××일보죠? 여기 구칠사 다시 일호에 사는 사람인데요. 그저께 신문이 배달이 안됐어요. 어제 전화를 했는데도 어떻게 어제 신문만 달랑 보내요? 저번에도 한 번 그러더니, 자꾸 이러면 어디 믿고 신문 보겠어요? 네에, 구칠사에 일호예요. 그렇게 죄송하달 것까진 없구요, 다음부턴 제대로 좀 해줘요. 그럼, 그렇게 알고 있겠어요."

대단히 단호한 목소리로 전화를 끊고도, 한참 동안 언니는 신문의 생명은 제날짜를 지나면 시들어 버리는 것에 대하여 잔소리를 보탰다.

기독교계에서 발행하는 석간을 구독하고 있는 언니는, 벌써 두 번째 제때에 배달되지 않은 신문 때문에, 아니 그 신문을 제시간에 구독자의 손에 쥐어 주어야 할 책임이 있는 ××일보 화곡지점 때문에 상당히 분개를 하고 있는 참이었다.

네 마당. 이 여자가 사람답게 살 수 있는 방법

그저께 오후 5시 10분, 현관 주변을 샅샅이 뒤진 끝에 신문이 와 있지 않은 것을 확인한 순간부터 발끈한 언니는, 마땅히 받아 보아야 할 것을 잃어버린 손해감과 함께 저녁시간의 소일거리를 놓친 허망함 때문에 오늘까지 툴툴거렸다. 그도 그럴 것이 저녁 설거지가 끝나면 차분히 엎드려서 1면부터 마지막 면까지 깡그리 읽어내고, 신앙간증기라든가 좋은 "말씀" 부분을 착실히 오려서 스크랩까지 해 두는 것이 저녁 시간, 언니의 일정이었다.

"이런 일일수록 분명히 해 둬야 해. 한두 번이라고 그냥 넘어가면 정신을 못 차린다니깐."

언니의 이런 생각에 다소 수긍을 하면서도, 나는 어쩐지 언니의 행동이 마뜩찮았다. 어쩌면 새로 배달을 하게 돼서 서투른 건지도 모를 배달원이 들어야 할 싫은 소리도 생각하면 찝찝했지만, 언니가 '정신을 차리게 하기 위해 분명히 하고 넘어가는 일'이 이 경우만이 아니어서였다.

선물받은 아이들 장난감에 부실한 것이 발견되었을 때나 시장에서 사 온 물건이 제날짜가 지난 것을 뒤늦게 발견했을 때는, 그 구입처가 꽤 멂에도 불구하고 달려가서는 소비자에게 충실하지 않은 장사치에게 단호한 포고를 내리고야 말았다. 어떤 모임이나 TV에서 언니가 믿어 의심치 않는 것들(예를 들어 종교에 관한 거나 도덕적인 것)에 관해 다소 다른 의견이 나왔을 때도, 어김없이 올바른 것을 위해 항의할 권리를 찾아, 하다못해 신문의 "독자 발언대" 같은 데라도 이야기를 해야 하는 성미였다. 야한 여자론이 나왔을 때도 그랬고, 말세론에 관한 보도가 있었을 때도 그랬다.

사실 이런 행동들은 자기 주관이 매우 뚜렷하고 자기의 권리가 침해당하는 것을 참지 못하는 자주적인 자세라고 볼 수 있다. 그런

작은 일에만 분개하는 사람들

데도 이렇게 상당히 긍정적으로 보는 면이 있음에도 내가 언니의 행동에 선뜻 찬성을 못하는 것은, 언니에게 있는 또 다른 한 면을 잘 알고 있기 때문이다.

언니는 시사적인 것이나 정치성을 띤 것에 관해서는, 권리를 빼앗는 사람들에 대해 절대적으로 관대했다.

이 집으로 이사오기 전에 살았던 아파트에서 앞동 창문에 조르르 걸린 종이 프랑에 관해 잠깐 이야기를 했을 때다. 그 플래카드는 아파트 건축업자에게 항의를 하는 내용이었는데, 원래 들어서 있던 앞동과 나란히 한 동을 더 짓는 바람에 햇빛을 막아 그늘이 지고, 시멘트 가루가 날아 들어 빨래를 널 수 없음에 대한 항의였다.

플래카드를 보더니 대뜸 하는 언니의 말,

"어이구, 무슨 여자들이 그만한 일을 가지고 저 난리야. 앰프로 떠들고 살림 작파하고 나와 종이쪽지를 나누어 주질 않나, 투쟁이니 쟁취니 하는 말을 함부로 사용하질 않나. 그럼 짓던 걸 부수란 말야, 어쩌란 말야. 기왕 이렇게 된 것, 그저 꾹 참고 살아야지."

나는 무언가 할 말을 찾았으나 너무 막막해져서, "언니가 앞동에 산다면 어떻겠수?" 하는 말만 지나치듯 하고 그만두었다.

그뿐만이 아니다. 노사분규에 관한 TV보도에서 노동자들이 일방적으로 주제넘는 요구를 하는 과격주의자로 몰리고 있을 때도, 밥상머리에 앉아 나라의 안녕과 평화를 기도하는 것을 빼놓지 않는 우리 언니가 한 말씀 안 할 리 없다.

"요새 사람들, 걸핏하면 권리 권리 해대는데, 도무지 양보라는 걸 모르는 사람들이야. 여기서 티격태격하면 저기서도 우수수하고 일어나고. 입 다물고 묵묵히 일하는 사람은 뭐 병신인가. 제 할 말

다하고 살면 사회꼴이 뭐가 되겠어?"
이런 정도라, 이번에 대통령께서 발표하신
　"국민들이여, 침묵하고 일만 합시다."
라는 신년사에 대해 이 시대에 정말 필요한 말이라는 찬사를 빠뜨
리지 않았다.

　더 힘 빠지는 것은 자기 주변에서 벌어지는, 아차하면 잃을 수도
있는 것들은 기를 쓰고 찾으려고 하면서, 일정한 지름을 벗어난 곳
에서 일어나는 일을 구경하게 되면 쯧쯧 혀를 차는 사람이 비단
우리 언니뿐이 아니라는 것이다. 언니는 언니의 친구들과의 공감
대를 의심하지 않고 있으며, 다니고 있는 교회사람들도 마찬가지
라는 것이다. 혀를 차대며 구경하고 있는 그 순간, 가장 절박한 자
신의 권리가 얼마나 기술적으로 침탈당하는가를 모르기라도 하는
듯.

　이런 정말 알아야 할 것을 모르고 있는 사람들의 무지에 대해
대단히 유감스럽게 생각하는 한 사람으로서, 아까 저녁에는 기어
이 내가 한마디 하고 말았다. 뉴스시간 끄트머리에 나왔던, 시청자
들에게 돌을 던지는 것처럼 구성된 화면 속의 대학생들을 보며, 다
시 한 번 언니는 혀를 찼던 것이다.

　"저래서 얻어지는 게 뭔데. 흐유, 주여——."

　언니의 말 끝에는 아마도 "저들을 구제하소서"류의 말이 생략되
었을 게다.

　"언니는 왜 맨날 그런 투야. 언니가 신문보급소에 전화를 거는
것하고 똑같은데, 저게 더 크고 넓은 일이라는 것이 다를 뿐이라
구."

　"어이구. 너 또 쟤네들 편드는 얘기할려구?"

"생각해 봐. 저 사람들이, 저 돌을 맞을 사람들한테 전화를 거는 거야. 왜 신문을 제때에 갖다주지 않느냐고, 왜 우리들의 권리를 이만큼 뺏느냐고. 근데 다른 건, 신문보급소에서는 죄송합니다, 갖다드리지요, 굽실대지만 그놈들은 발뺌을 한다는 거지. 내가 언제 신문을 안 돌렸소? 당신이 못 받은 것뿐이지, 하고…… 그러다 보니까 이제 필요한 건……."

"아이구, 그만두자, 그만둬. 귀찮아."

나도 지지 않았다.

"통화중이든 말든 시도때도 없이 전화통 들볶는 건 안 귀찮고?" 하지만 거기서 그만두기로 했다. 대신에 다음에 할 말을 준비하기로 했다.

"중요한 건, 결국은 저 사람들이 찾고자 하는 게 언니에게도 돌아가야 할 '우리 것'이라는 거야."

그리고 이어진 언니의 말,

"너도 큰일 났어. 자꾸 고개가 왼쪽으로 기울어서."

내 마당. 이 여자가 사람답게 살 수 있는 방법

잠자리가 편하십니까

　짓궂게 찾아드는, 정말 몹시도 잠 안 오는 밤이면 나는 방문을 열고 나가 베란다를 서성이는 것을 최선의 대책으로 생각한다. 사실은 내가 쓴 베란다라는 이름이 맞는지 모르겠다. 250만 원을 맡겨두고 빌린 내 자취방 옆, 옥상으로 올라가기 위한 통로라고 하는 게 더 맞을 것 같다. 어쨌든, 베란다든 통로든 잠을 청하다 실패한 날, 나는 그곳을 오락가락 거닐며 별빛을 감상하든가 바람의 움직임을 느끼는 것을 좋아한다. 그래서 내가 그곳에 서 있을 때면 거의 하늘 쪽으로 고개를 두는 편이다.

　좀 전에도 나는 한 시간 반 동안이나 거기에 서서 별빛을 보기도 하고 바람을 느끼기도 하다가 들어왔다. 그런데 오늘의 밤산책이 한 시간 반이나 걸린 것은, 별이 유난히 아름다왔다거나 바람을 좀더 쏘이고 싶었다거나 해서가 아니었다. 다름아니라, 늘 하늘 쪽을 보던 눈을 낮추어 죽은 듯이 누워 있는 동네를 내려다보느라 시간 가는 줄을 몰랐던 것이다. 아니, 더 정확히 말하자면 동네가 아니라, 더불어 켜지기도 하고 깜깜하기도 한 각각의 집들을 둘러보았고, 그 때문에 나를 생각에 잠기게 한, 한 가지 기억을 뒤돌아보느라 정신을 놓은 때문이다.

가만히 내가 사는 동네를 내려다보니 우선 드는 생각이 '참 집들도 많다'는 새삼스러운 사실이었다. 그런 것도 유행인지, 요 근래 들어 골목마다 뚝딱뚝딱하더니 다들 산뜻한 2층들을 들어 올려서는, 내가 세든 집 주위에는 이제 단층은 거의 없다시피 하다. 그리고 왼편으로 큰 길을 건너서는 두어 달 전에 들어선 벌집 같은 아파트 숲이 울창하다. 그런가 하면, 내 오른편 시야를 막고 있는 4층짜리 낡은 아파트 건너로 산비탈에 아슬아슬하게 서 있는 달동네도 있다.

이렇게 갖가지 집들이 많은데, 이 땅 위에 온전한 자기집이 없는 가족이 부지기수라는 게 참 허망한 노릇일 수밖에. 하긴 우리 주인집처럼 살고 있는 집 말고도 여분의 집을 가지고 있는 사람도 적지 않다는 것을 상기하면, 당연하달 수도 있겠지만 말이다.

생각이 거기에 이르자 내 머리 속에 또렷이 새겨지는 눈망울이 있어서, 갑자기 나는 서글퍼졌다. 그 눈망울의 주인은, 엊그저께 작은오빠 장가가는 걸 보러 서울에 갔을 때 만난 일곱 살짜리 사내아이, 상민이라는 꼬마다.

결혼식날이 토요일이었기 때문에 나와 세째 언니는 하루를 큰언니집에 묵기로 하고 영등포에 있는 언니의 아파트로 향했다. 그때도 나는 창 밖으로 스쳐 가는 도로가에, 위아래로 빼곡이 들어선 그 집들에 질리기도 하고 감탄도 했던 걸로 기억한다. 현관에 들어서니 언니네 꼬마 둘이서 소파에 앉아 만화영화에 빠져 있고, 좀 떨어진 베란다 쪽에는 모르는 아이가 바닥에 옹색하게 앉아 무엇인가에 열중해 있었다. 우리가 들어서는 것을 보고 아이들이 환호를 올리며 달려드는데도, 그 아이는 고개도 들지 않은 채 그 일에 몰두했다.

네 마당. 이 여자가 사람답게 살 수 있는 방법

"상민이 잘 놀았니? 너희들 상민이랑 사이좋게 놀았어?"

큰언니가 상냥하게 묻는데도 상민이라는 아이는 여전히 제 일에 바빴고,

"치. 쟤는 맨날 저것만 갖고 논단 말이야. 우리랑은 말두 안 해."

여섯 살 먹은 큰아이가 투덜거렸다. 유심히 보았더니 상민이는 쉴 새 없이 코를 훌쩍여대면서 플라스틱 조립 조각을 맞추어 집을 쌓아 올리는 놀이를 하고 있었고, 그 옆에는 제 몫의 과자접시가 손도 안 댄 채 놓여 있었다. 통통한 얼굴이 발갛게 상기되어 있고, 조금 내민 입술은 얼마나 야무지게 닫혀 있는지, 아이가 하는 일의 심각성을 유감없이 말해 주고 있었다.

그 아이가 만들고 있는, 제 나름의 범접할 수 없는 울타리가 느껴져서 말 한마디 붙여 보지 못했지만, 그때부터 나는 그 아이에 대해 알고 싶은 마음에 안달이 날 지경이었다.

나중에 언니랑 같이 빨래를 주무르면서 들은 얘긴데, 상민이는 아파트 단지 옆 주택가에 사는 아이라고 했다. 반지하 단칸방에 젊은 부모랑 살던 중에, 트럭을 몰던 아버지가 사람을 치어서 보증금을 날리고 일이 어찌어찌 된 모양이었다. 다행히도 아이의 엄마가, 언니가 다니는 교회의 독실한 신자여서 당장 살 길을 찾을 동안 여유가 있는 몇 사람이서 아이를 데리고 있어 주기로 했단다.

저녁상을 물리자마자 과일도 마다하고 그 집짓기놀이에 열중하는 아이를, 한편으로는 측은한 마음으로 또 한편으로는 화가 나서 지켜보았다. 그 어린 마음에 주어진 시련이 너무 가혹하다는 생각 때문이었다.

"애가 통 말을 안 하니 답답하지 뭐니. 뭐 싫다좋다 내색을 해야지. 전에는 교회에서 만나도 인사도 잘하고 똘똘한 아이였는데. 처

잠자리가 편하십니까

음에는 애들이 쟤를 멀리하나 싶어서 애들만 나무랬는데, 알고보
니 쟤들도 상민이 때문에 눈치보이나봐. 밥 먹고 화장실 갈 때만
빼고는 며칠째 저러고 앉아 있단다. 다 지었다 부수고, 또다시 짓
고. 하긴 벌써 열흘이 넘었지, 아마. 즈이 엄마랑 이렇게 떨어져 사
니 그놈의 집에 한이 안 맺히겠니. 어린애가 벌써 속이 다 들어서
는, 쯧쯔."

  언니의 이야기가 끝나갈 때쯤, 아이는 벌써 여러 번 그랬던 것처
럼 집을 완벽하게 꾸미는 데 성공했다.

  상민이의 집은 얼핏 보기에도 무척 훌륭한 집이었다. 정원에는
사과나무와 희고 노란 꽃이 있고, 현관문을 열어 보면 전화기가 놓
인 탁자, 공부하는 책상, 침대, 주전자와 찬장 등 조잡스런 물건들
이 일정한 자리에 고정되어 있었다. 빨간 지붕에 파란 벽, 하얀 창
문……

  문득 상민이의 얼굴을 쳐다본 그 순간 나는 그 아이의 얼굴에서
처음으로 웃음을 보았다. 상민이는 매우 만족스럽게 웃으며, 집을
받치고 있는 플라스틱 판을 들고 요리조리 돌려 가며 자신의 집을
감상했다. 쉴 새 없이 훌쩍여대던 콧소리도 멈추고 반짝 물기를 빛
내던 댕그란 눈, 그 순간의 그 초롱한 눈망울이란.

  그러나 잠시 후에 상민이는 그렇게 오지게 들여다보던 집을 바
닥에 내려 놓고, 볼 부은 표정으로 지붕에서부터 하나하나 뜯어 내
기 시작했다. 꾸어서는 안될 꿈이라는 것을 스스로에게 말하기라
도 하듯, 모질게도 뚝뚝 떼 내었다.

  그날 밤 나는 플라스틱 집을 반쯤 쌓다가 말고 잠이 든 상민이
의 머리맡에서, 오랫동안 그 아이를 바라보았다. 콧속이 몹시 답답
한 듯 거친 숨을 내쉬었다. 하루 종일 집 짓는 노동을 했으니 피곤

도 하겠다 싶었다. 그 아이에게 있어서, 플라스틱 장난감을 조립해 가는 것은 더 이상 놀이가 아니었다. 그것은 진지한 희망이리라 생각했다. 짓다 만 절반의 집을 마저 짓는지 이따금 손이 꼼지락거렸다. 어쩌면 제 엄마한테 제가 지은 집을 소개하고 있는지도 몰랐다.

다음날 아침 언니는 상민이를 다른 집에 보내는 날이라며, 그 집 짓는 도구들을 상민이에게 줘도 되겠느냐고 아이들의 의사를 물었다. 얘들이야 벌써 저희들의 흥미거리 밖의 것이므로 별소리 없이 찬성을 했다. 작은 아이가 그래도 저희 것을 누가 가지는 게 싫었던지 잠시 칭얼대다가 말았다.

지금도 상민이는 교회의 다른 아줌마 집에서 집짓기 놀이를 계속하고 있을지도 모르겠다. 혹시 운 좋게도 살 곳이 마련되어서 엄마 손을 잡고 제 방을 찾아 들어갔을 수도 있겠고…… 전자든 후자든 상민이가 짓고 허물던 집과는 거리가 먼 일이다.

불현듯 몸뚱아리가 간질거리는 것이 느껴진다. 여기저기 쑤셔오는 듯도 싶다. 사실 나는 우리 주인집 어른들처럼 필요 이상의 내 몫을 가지고 있는 것도 아니고, 죄책감 따위를 느낄 건덕지도 없는 가난뱅이다. 그런데도 나는 옆에서 평화롭게 자고 있는 언니를 향해 불현듯 묻는다.

"지금, 잠자리가 편해……?"

아아, 무슨 체인점처럼 전국 명소마다에 콘도며 관리인을 둔 휴양주택을 가지고, 게다가 기분나면 언제든지 널려 있는 호텔의 사용자가 될 수도 있는 사람들은 오늘, 그들의 폭신한 잠자리가 얼마나 불편할 것인가.

이 아이를 어떻게 키워야 하나요

전주시 팔복 2가 620번지에 사는 내 둘째 언니한테는 이제 다섯 살 된 딸내미가 하나 있다.

언니의 귀하디귀한 딸, 내 조카 연희는, 제 엄마의 부실한 건강으로 뱃속에 있던 열 달 중에 아홉 달만 자라고 한 달은 쉬다 나온 미숙아였다. 1.9kg짜리 반쪽아이를 인큐베이터에 맡길 때에는 너무나 쪼그매서 도무지 살 것 같지가 않더란다. 하느님이 보호하사인지, 그 새알만한 가슴에도 삶의 의지가 꿈틀거렸던지 연희는 조그마한 대로 조금씩 자라났다. 그래도 작년까지는 한 달에도 몇 번씩 경기나 고열을 일으켜 새벽 응급실의 단골손님이 되었고, 한 달이면 20일은 병원에서 살 만큼 비실거리는 아이였다. 더구나 얼마 전에는 심장병 선고를 덜커덕 받아 놓고 제 엄마 애깨나 태웠었다. 큰 병원에서 조사한 결과 다행히 수술은 안 해도 되는 병임이 밝혀져서 뜻하지 않게 효도를 하기도 했지만.

그랬던 아이가 다섯 살이 거의 채워져 가기 시작하면서는 부쩍 건강해져서, 이제는 살도 통통하게 찌고, 한 번씩 밖에 나가 놀면 이마도 찧어 오는 보통 아이가 되었다. 18 개월 때부터 쓰기 시작한, 어린애한테는 너무 무거운 짐 같은 그 안경만 벗게 되면, 정말

이 아이를 어떻게 키워야 하나요

로 이쁘고 건강한 아이가 될 것이다.

손바닥만하던 애를 이만큼 키워내느라 이제는 제 엄마가 반쪽이다. 그래서 연희는 제 엄마 처녀적 사진을 못 알아보고 "예쁜 아줌마!"라고 한단다. 외할아버지는 제 에미 살 다 벗겨먹었다고 연희한테 쉽게 정을 안 주시지만, 살 깎아 내 준 몫으로 언니는 딸내미를 위해 인생을 걸고 사는 구식 엄마가 되었다.

어쨌거나 나는 우리 연희가 이뻐 죽을 지경이다.

외모는 제 아빠를 빼다 박은 아이가 성품은 제 엄마하고 어쩜 그리 같은지, 마음 여리기가 물먹은 풀잎 같고, 착하고 순하기가 심청이 뺨친다. 어지간한 일로 제 엄마나 이모가 우는 시늉을 하면 어떻게든 달래 보려고 별 재롱을 다 떨고, 그러다 거짓인 것이 밝혀지면 놀란 가슴에 눈물부터 터뜨린다. 저 때문에 몸이 약해진 건지는 아는지 제 엄마가 피곤해서 누우면 발소리까지 죽여가며 혼자서 놀고, 도무지 욕심이라고는 없어서 모르는 아이가 손을 내밀어도 들고 있는 과자봉지를 다 비워 주는 아이다.

아뭏든 너무나 착하고 순해서 이 담에 커서 이 험한 세상을 어떻게 살아 낼까 싶은 내 조카 연희한테, 요즈음 큰 고민이 생겼단다. 며칠 전에 통화를 한 언니의 말을 들어 보면 고민이라기보다는 갑자기 웬 심술이 생겼는가 싶기도 하다.

"애가 좀 변했다니까. 장난감 내려다 놀고 나면 항상 제 손으로 치우는 거 알지? 근데 요새는 가끔 치울 생각을 안 하고, 치우다도 던져 버릴 때가 있어. 보다 못해 치우라고 시키면 삐치고 울고, 뭐 갖다 버리라고 쥐어 주면 쓰레기통에 가다 말고 중간에서 던져 놓고 오기도 한다니까. 애, 너 상상이 되니? 요즘 애들은 반항기가 다섯 살에 온대?"

　나야 듣고 그냥 웃어 넘기기는 했어도 사실 심각한 일이긴 했다. 주위에서 늘 감탄을 자아내게 하던 말 잘 듣던 연희가 반항(?)이라니…….

　심상치 않은 연희의 이 변화에 대한 이유를 그저께서야 알게 되었다. 그저께 오후에 나는 팥죽을 먹고 싶다는 언니를 위해 팥을 싸 주신 엄마 심부름으로 전주에 갔다. 이런저런 얘기를 하다가 웃목에서 놀고 있는 연희를 보고 문득 생각이 나서 물었다.

　"연희, 아직도 그래?"

　"아 참, 알았어, 알아. 왜 그랬는지…… 내가 막 다그쳤더니 얘가 뭐래는 줄 아니? '태환이도 안 하잖아' 그러는 거야. 그게 무슨 말이냐면, 저번 주에 나 병원 다니느라고 연희를 태환이집에 며칠 맡겼거든. 근데 나도 잠깐 앉아 있어 봤는데, 태환이 그 녀석 말씀이 아니야. 온 방안을 따발총으로 들쑤셔 놓고는 지 엄마 치울 때 까딱도 안 해. 그걸 봤으니 연희가 인제 치우고 싶겠냐? 그것뿐이 아니야. 곰곰히 생각해 보니깐 그게 다 무식한 어른들 때문이야. 왜, 너도 기억나지? 지지난 주에 너 왔을 때 형부랑 닭도리탕 먹으러 갔을 때에…… 밖에 한 번 나가면 그런 일이 얼마나 많은 줄 아니? 그러니 얘는 이상하게 생각할 수밖에. 왜 남들은 안 하는데 엄마는 나보고 하라고 할까, 그럴 거 아냐."

　연희가 제 얘기를 하는 걸 아는지 제 엄마를 향해 씽끗 웃었다. 언니가 말한 닭도리탕집 앞 사건이란 이런 것이다.

　모처럼 전주에 놀러를 간 것이 형부의 월급날이었다. 마침 사촌 오빠도 와 있어서 우리는 닭도리탕을 먹으러 가기로 했다. 문제는 그 집에서 받아들고 나온 껌종이의 처리문제였다.

　형부하고 나는 대충 주머니에 쑤셔 넣었고, 언니는 연희 것까지

이 아이를 어떻게 키워야 하나요

챙겨들고는 쓰레기통을 찾았다.

“저히 있다.”

먼저 발견한 연희가 가로수에 가려 귀퉁이만 보이는 쓰레기통을 손가락으로 가리켰다. 가게 두세 개를 지나칠 만한 거리였다.

“엄마, 내하, 내하…….”

말 배우는 게 느려서 아직 ㄱ발음을 못하고 ㅎ소리를 내는 연희가 제가 가겠다고 깡총거렸다. 토닥토닥 뛰어가서 조심스럽게 쓰레기를 버리고는, 보도블럭을 힘주어 또박또박 밟고 오는데 그렇게 예쁠 수가 없었다.

그런데 그렇게 걸어오던 선량한 꼬마 시민께서 무심히 껌종이를 땅바닥에 버리는 삼촌을 발견하고 말았다. 하늘이 두 쪽이라도 난 듯 놀라서 뛰어온 연희가 제 삼촌을 나무라기 시작했다.

“삼추운. 여히 버리면 안되요. 핫다 버리호 와요오.”

그 모습이 어찌나 깜찍스러운지 우리 모두 깔깔거리며 웃고 있는데, 사촌 오빠가 갑자기 정색을 하고 연희를 불렀다.

“연희야, 저기 봐 봐, 저기.”

놀란 연희가 급하게 가리키는 쪽으로 고개를 돌리자 사촌 오빠는 그새 얼른 휴지를 던져 버렸다. 그러나 불행하게도 그 순간 “아무 헛도 없네에?” 하며 돌아본 연희의 눈에 띄고 말았다.

사촌 오빠는 태연하게 빨리 가자고 우리를 재촉했다. 바로 그때, 그 자리에 주저앉은 연희가 엉엉 울기 시작했다. 당황한 언니가 일으켜 세워서 달래도 눈물을 그치지 않았다.

“엄마아, 엄마아, 삼추운, 삼춘이하아…….”

그렇게 시작한 울음은 사촌 오빠가 그 종이를 주워 쓰레기통까지 뛰어갔다 왔을 때에야 겨우 그쳤다.

　쓰레기는 휴지통에 버려야 하고, 질서는 지켜야 아름다우며, 남의 것을 탐하면 안된다는 것을 자랄수록 잊어가는 우리 어른들은 연희 앞에 무슨 말을 할 수가 있을까. 저처럼 착한 사람들만 사는 줄 아는 아이가, 세상에는 뺏는 사람도 있고 뺏기는 사람도 있다는 사실을 받아들여야 할 때, 그런 사회를 물려준 책임은 누구에게 지울 것인가.

　"정말 그런 거 보면 아무리 저 혼자 애 잘 키워 봤자라는 생각이 들어야. 괜히 바보나 만들기 십상이지. 요새는 애들한테도 눈치 껏 살아라고 가르친다더라……. 애, 어떡하니. 다른 사람들 다 안 하는데 너만 이렇게 하라고 할 수는 없잖아. 내가 애한테 어떻게 설명을 해야겠니?"

　언니의 얘기를 듣고, 나도 자못 심각해져서 답을 찾아 보았지만, 그것을 설명할 길은 너무 막막했다. 그 무식하고 부끄러운 어른들 중 한 사람으로서 고개나 푸욱 숙이고 있을 수밖에.

이 아이를 어떻게 키워야 하나요

가난뱅이의 과소비

소년이 있었다.

소년은 어느 날 제법 잘 굴러가는 공장의 사장님을 아버지로 둔 친구 집에 놀러를 갔다. 친구의 방에서 숙제를 하고 거실로 나오니, 마침 친구 엄마의 친구들 몇 명이 모여 앉아 호들갑스럽게 떠들고 있었다.

소년은 아주 잠깐 지나치듯 들었지만, 지금 그들의 화제가 새로 장만해 들인 친구네 가구세트에 관한 이야기라는 것을 알 수 있었다. 그리고 이런 얘기도 들었다.

"아휴. 애, 너 정말 잘했다. 사실 말은 안 했지만 우리끼리 흉봤다, 애. 그 구질구질한 농짝. 그것도 농짝이었니? 할 건 하고 살아야지, 애. 깍쟁이같이 ——"

소년은 잠시 혼돈스러웠다. 할 건 하고 살아야 한다는 건 뭘까?

소년은 친구의 집을 나와 자기의 집을 향하고 있었다. 거리에 커다랗고 반듯한 플래카드가 눈에 들어왔다.

"분수에 맞지 않는 과소비를 추방합시다."

소년은 생각했다. 맞아, 사람은 분수에 맞게 살아야지. 소년은 고개를 끄덕이며 오르막길을 걸어서 집에 도착했다.

양철대문은 활짝 열려져 있고 마루에는 아버지가 누워 있었다. 엄마는 얼마나 울었는지 퉁퉁 부은 눈으로 아버지 옆에서 아직도 울고 있었다. 아버지는 가끔 고래고래 소리를 지르고 있었다.

나중에 소년이 들은 이야기는 이러했다.

아버지는 그날 먼 친척의 환갑잔치에 다녀왔다. 이야기를 나누며 음식을 먹고 있는데, 양복깨나 차려 입은 친척 한 분이 아버지의 손가락에서 금반지를 발견하고는 박장대소를 했다.

"아이고, 자네 같은 친구도 금반지를 했으니, 과소비 추방하자는 얘기가 안 나오겠나?"

소년은 맞는 말이라고 생각했다. 그런데 아까 '할 건 하고 살아야 한다'는 말을 들었을 때처럼 잠시 혼란스러워지는 것을 느꼈다.

아버지의 두 돈짜리 반지는 공장에 다니는 누나가 지난 봄에 해 준 것이었다.

가난뱅이의 과소비

음악이 선율처럼 흐르는 산문

김형수 (시인·문학평론가)

1

글 앞에, 사실 전혀 있을 필요가 없는 뱀의 다리 하나를 붙여 두고자 한다. 특별한 것은 못 되고, 푼수같이 내 자랑이다.

나의 젊음을 통해 가장 지울 수 없는 일대사건이 있었다면 그것은 내가, 한국현대사가 거의 절정에 달했던 7·8월대투쟁 이후의 시기를 내내 강연으로 보냈다는 사실일 것이다. 88년부터 92년, 내 나이 서른에서 서른넷까지, 이때를 통해 한국에서는 실로 광범하게 민주화바람이 불고, 한꺼번에 많은 수의 대중이 사회정치적으로 각성돼 나오면서 삶에 대한 태도들을 바꿨다. 수동을 능동으로, 소극을 적극으로, 권태를 열정으로, 이것은 문학예술을 좋아하는 사람들도 마찬가지였다. 나는 그 중의 한 사람이면서 또한 그러한 일을 가속화시키는 한 사람이기도 했다. 지금 와서 생각해 봐도, 개인사적으로나 사회사적으로나 이는 내 청춘의 가장 빛나는 한 대목이었음이 틀림없다.

이 기간 동안 내가 나간 강연회의 횟수는 대략 몇 차례나 될까? 모르긴 해도 300회는 너끈히 될 것이다. 짧으면 한 시간 길면 일곱 시간, 그 중 반의 반은 뒤풀이가 채 끝나지 않아 일박을 하고 왔으니 열다섯 시간짜리도 많았다고 볼 수 있다. 그럼에도 불구하고 그 대부분의 자리에서 나는 시간이 모자라 꼬리를 잘라야 했다. 많은 사람에게 내가 이런 쓸모를 확인받을 수 있다는 것은 내게 얼마나 뿌듯한 일이었던가. 그래서 나는 하도 말을 많이 한 탓에 식은땀을 흘리며 더듬기도 하고, 또 한 번은 연단에서 쓰러져 업혀 나오기까지 하면서도 유감없이 나를 태울 수 있었다. 행복한 추억이었다.

　그 일을 통해 차후에 더욱 행복한 일들이 생겨난 게 있다. 그것은 내가 많은 사람들과 이웃이 될 수 있었다는 점이다. 한 차례의 강연에서 대략 50명의 얼굴만 대면해 보았다 해도 만5천이다. 그 중 사회자 한 사람과 길 안내자 한 사람, 이렇게 두 명만 사귀었다고 해도 6백 명이다. 뒤풀이할 때 양 옆에 앉아 사담을 나눴던 사람을 합하면 천2백 명, 그들이 가질 추억의 구석자리 한 곳에 내가 놓여질 수 있으리라는 생각은 자못 흥분되는 것이다. 이 중의 일부는 아마 장차 우리 민족문학을 이끌어 갈 동량으로도 쓰일 것이다. 막차를 놓쳐 가면서까지 문학이야기를 한마디라도 더 나눠 볼 요량으로 뭉기적거릴 수 있는 사람이란 대체적으로 문학적 소양이 높거나 성취욕이 강한 사람일 것이 뻔할 테니까. 얼핏 보기에도 탁월한 사람들이 굉장히 많았다. 나는 그들과 친하게 지내면서 문학에 대해 내가 미처 생각하지 못했던 것들을 배웠으며 또한 나 혼자만의 경험으로는 확신할 수 없었던 지식들을 그들의 경험을 통해 얻어가질 수 있었다. 만일 후에 내게서 어떤 문학적인 저력이 나오게 된다면(꿈도 야무지다고 하겠지만) 그것은 틀림없이 여기서 얻어진 것일 것이다.

　하여튼 내게는, 내가 각지를 싸돌아다니며 만난 패거리들 중에 문학적 동료의 입장에서 크게 고대되는 친구들이 늘 끊이지 않았다. 그 중에는 나의 관심이 매우 각별해져 동지적 애정이 과잉 분출되게 만드는 사람도 몇 있었다. 그러한 경우에 나는, 어서 습작기를 끝내고 여러 사람의 영혼에 훈김이 돌게 하는 그런 작품들을 하나씩 뽑아 주었으면 하는 기대에서 필요 이상의 고무추동(?)들을 해대곤 했다. 그들이 궁금한 분도 많을 것이다. 다섯 손가락으로 셀까, 열 손가락으로 셀까 하는 그 가운데 토막들 중의 하나가 오늘 개봉된다. 드디어, 내가 알고 있는 또 하나의 비장의 무기 하나가 세상에 선보여지는 것이다.

　이름은 이서하이고, 나이는 스물네 살, 올해 전남대학교 용봉문학회 졸업반이다. 아마 이 책이 나올 때쯤이면 이미 졸업한 후가 되겠지만 그게 무슨 상관이랴. 이 책 자체는 철저히 전남대 이서하의 눈으로 쓰여진 것이다. 나는 이 처녀(?)를 3, 4년여 전에 전남대학교에서 있었던 어느 강연회에서 처음 봤다. 내가 아는 문학회의 몇몇 신입생들 속에 끼어 있었다. 그러던 친구가 어느 틈엔지 어엿한 작가가 되어 있다가 이렇게 난데없는 순간에 불쑥 나타나다니! 놀랍고 반갑고 기쁘다. 읽어 보니 여러 가지로 의미도 있고, 산문정신으로 보나 신인의 기량으로 보나 축하해 줄 만한 요소도 깨알같이 많았다. 나는 한 사람의 독자로서 여기에 기꺼이 만족한다. 이 글은 그러한 만족감을 전하기 위해서 쓰여지는 것이다.

2

　누구나 첫눈에 알 수 있듯이, 이서하는 사람을 아주 편하게 하는 굉장히 신통한 재주를 가지고 있다. 차분하기 그지없는 말투, 한국 사람이면 수없이 많이 반복해서 보아 왔을, 마음씨 좋은 아줌마들

215
음악이 선율처럼 흐르는 산문

의 것과 똑같이 생긴 표정, 그녀가 진지하게 들어 주는 자세, 이것
들을 어떻게 해서 몸에 길들여 놓게 되었는지는 모른다. 얼굴이 기
생처럼 생겨 남의 눈길깨나 끌어 본 사람이라면 그 부자유 때문
에, 또 천덕꾸러기처럼 냉대만 받고 살아와 애정결핍증에 걸린 사
람이라면 그 싸늘함 때문에 결코 제 몸에 붙여 놓지 못했을 체질
을 그녀는 가지고 있는 것이다. 강연이 끝나고 문학회에 들러 잠깐
쉬는 자리에서 봤던 신입생 이서하의 얼굴을 내가 여지껏 기억하
고 있는 것도 다 그 '신통력' 때문이다. 이 신통력의 실체가 그녀의
산문에도 얼핏 나온다.

「'착한' 사람」이라는 아주 짧은 글에서인데, 줄거리 역시 아주 평
이한 것이다. 어느 날 신이 언니의 친구라는 이가 신이 언니를 찾
아왔는데, 언니가 부재중인 바람에 못 만나고 돌아갔다. 몇 개월 뒤
다시 신이 언니를 찾아온 그를 만난 '나'는 서울에서 왔다는 그 손님
이 또 헛걸음을 할까 싶어 과 학생회실로, 또 신이 언니네 자취방으
로 그 분을 안내해 드렸다. 다행히 두 사람은 만날 수 있었고, '나'는
그들과 자리를 함께 한다. 대사가 이렇게 나온다.

　"처음 봤을 때 기억나요? 그때 참 인상적이었는데……."
　"여름에요? 인상적일 일은 없었던 거 같은데……."
　"친절했잖아요. 내가 신이를 못 만나고 가게 되는 걸 무척 안
타까와 했었죠? 처음 봤어요. 그렇게 착한 사람…… 내가 나중
에 신이한테 말했는데…… 오랫동안 생각했어요. 반했었거든요,
그때."

　그리고 이 대사 다음이 결작이다. 작가는 "그런 짧은 시간, 짧은

이야기 속에서 좋은 점을 찾아서 기억할 줄 아는 사람을 만났다"
는 점을 기뻐하면서 글을 이렇게 맺는다.

　3년이 지나도록 그가 아직 나를 기억하고, 내 안부를 묻기도
한다는 건 그때의 내 인상을 고스란히 가지고 있다는 건지도 모
른다. 그런데 나는 아직 그때만큼이라도 '착하고' 있을까? 글쎄,
그걸 막대그래프 그리듯이 비교해 보는 것이 우스운 일이긴 하
지만, 나는 참 많이도 안 착해진 것 같다. 이제는 전혀 모르는
사람이 찾아와서 뭘 물으면 건성으로 답하기도 하고, 짜증스러
울 때가 많아 친절보다는 부담을 주는 것 같다. 나이가 들면(?)
그러나? 아니면 살다 보면 처세가 천박해져서 대충 눈치껏 하게
되는 걸까? 아, 이러면 안되는데…… 그 착한 사람의 이야기를
듣고 내가 얼마나 기뻤었는가를 생각해 본다면 말이다.

하여튼 이서하는 이렇게 사람에 대한 대단한 친화력을 가지고
있다. 내 기억 안에 이서하가 처음 들어앉은 것도 이름이나 생김새
로가 아니라 그 '신통한 친화력'으로서였다. 그 강연이 있었던 날,
내가 이서하를 보고서 했던 생각도 "이 친구 이거 쓸개 맡기는 전
당포 차려도 되겠구만"이었던 것이다. 무슨 이야기인고 하면 이서
하 앞에서라면 누구나 쓸개를 맡겨 놓고 상대해도 될 만큼 편한
데가 있었다는 말이다. 아마 쓸개를 맡기는 전당포가 있다면 그것
은, 인간에게 소중한 것이 무엇인가를 잘 아는 사람만이 차릴 수
있는 특허업체가 되리라.
언제 어느 자리에서 누구를 만나든, 아, 저이에게서 소중한 것은
바로 이러저러한 것이로구나 하는 것을 직감적으로 알아차리고 그

음악이 선율처럼 흐르는 산문

점을 노출시키지 않고 포근히 감싸 주는 사람이 있다. 내 생각에 천부적으로 이야기꾼의 자질을 타고난다는 것은 말주변보다도 오히려 이러한 친화력을 갖는다는 것인데, 이것은 반드시 나이가 만들어 주는 조건만은 아니다. 나이를 먹으면 대개들 이야기꾼이 되기도 하지만, 그렇다고 전적으로 경륜으로만 되는 것도 아니고 진솔함만으로 되는 것도 아니며 무슨 지혜로만 가능해지는 것도 아니다. 체질에 따라, 아픔에 민감하고 튀고 못 견뎌하는 사람은 그 대가로서 시를 쓰기는 할지언정 차분한 인내와 설득력이 뒷받침되어야 하는 산문정신을 길들이지는 못한다. 바로 이것의 결핍이다. 여기에 시정신과 산문정신의 차이가 있다.

내가 이서하에게서 처음 본 것은 바로 이것이었다. 감정의 파고가 높아 늘 부서질 듯 굽이치는, 고달픈 시인들처럼 격정적이지 않은 대신에, 우리가 반드시 주고받아야 할 이야기를 조단조단 주고받게 만드는 산문정신의 그릇이 될 성깔을 가졌다는 점, 아마 그녀 자신보다도 그녀의 부모나 환경에게 더 감사해야 할 문제이겠지만, 그녀가 바로 이 감칠맛나는 이야기꾼의 성깔을 가졌다는 것이 내게는 무엇보다도 돋보였던 것이다. 나는 대번에, 이 점이 이미 그녀를 반은 작가로 만들어 놓고 있다고 생각하게 되었다. 기본적으로 이런 바탕이 있어야만 산문정신이 들어앉을 수 있을 것이기 때문이다.

아니나다를까, 그리 오래지 않아 나는 이서하의 소설을 읽을 수 있게 되었다. 그녀가 2학년땐가 3학년땐가 되어서인데 『오월대』라고 하는 2인 연작소설집이 나와서였다. 나는 주로 시 이야기를 하고 다니는 사람이었고, 이서하는 주로 소설쟁이들과 어울리는 친구였기 때문에 나는 이렇게 공식적인 기회가 아니면 좀처럼 물건을 마주할 기회가 없었다.

『오월대』에 실린 이서하의 소설들은 겨우 대학 2학년짜리가 쓴 글이었음에도 불구하고 잠재적으로 상당한 저력이 담겨 있었다. 청년학생의 생활에 대한 천착이 깊고 또 목소리가 차분했으며 등장인물들이 서로를 환하게 해주고 있었다. 특히 「여름 너머」의 경우 짧은 소설로는 감당하기가 힘들 만큼 많은 등장인물을 내세워 이야기를 끌어가고 있음에도 여러 사람의 개성이 전혀 죽지 않고 자못 생동하고 있었다. 이러한 점들이 내게는 큰 관심을 끌었다. 어떤 부류 속의 사람들을 부류 속에 묻혀 있는 사람으로 보기보다 부류를 구성하고 있는 개인으로 보아내고 그 개인의 움직임과 집단의 관계를 냉철하게 읽어 낼 줄 아는 주도면밀함이 얻어 내는 성과라고 보았기 때문이었다. 이런 태도가 그의 목소리를 낮게 하고 여러 등장인물을 내세워 서로를 환하게 하며 각이한 인간의 관계들이 한편으로는 갈등하면서도 다른 한편으로는 상호 애정으로 묶여 있게 했을 것이었다.

그러나 『오월대』의 소설들을 쓸 때까지는 그래도 많이 미숙했다. '정신의 결여'가 아니라 '기술의 결여'가 있었던 것이다. 그것이 가장 쉽게 드러나는 「내리사랑」의 경우, 이야기가 모두 세 토막으로 구성되어 있는데 효과적으로 얽음새를 만들어 낼 줄을 몰라 두 번째 토막을 아예 편지로 처리하고 있었다. 마치 고전주의 시대의 사람들이 삼위일체랄까 하는 규범들에 묶여 부자유한 것처럼 이 친구도 그만 자기 스스로 지레 이야기를 옭아매 가면서 전개시켜 가고 있었던 것이다. 서사적 표현역량의 한계였다.

이러한 것들을 내가 작가적 역량의 한계로 보지 않고 습작단계의 사소한 훈련부족으로 이해했던 까닭은 방금도 이야기했듯이 이서하가 갖는 인간의 삶에 대한 뛰어난 통찰력에 있었다. 이 문제는 다시 이야기하게 되겠지만 이번에 내는 책이 그 장점을 마음껏 뽐내고 있다고 보여진다. 만일 이번에 선보이는 글들이 본격적인 소설문학이 아니지 않느냐라고 한다면, 지금 제목이 잘 기억에 나지 않는데 내가 작년에 보았던 그녀의 중편을 예로 들어도 될 것이다. 그때 나는 그 중편을 보면서 저으기 놀랐는데, 이미 『오월대』에서 보았던 사소한 기술의 부족은 완전히 극복이 되어 그녀의 예리한 통찰력이 월등해진 기량에 안받침되어 가일층 빛나고 있었다. 신나는 일취월장이었다.

그러나 사실 내가 이서하를 나이어린, 그러나 후배동료로까지 생각하여 노상 안부를 놓치지 않고 살아온 가장 큰 이유는 소설에 있었던 것만은 아니다. 한 인간에게서 소설이 차지하는 비중이 하찮은 것이라는 뜻이 아니라 소설보다 시에 더 크게 애정을 보여온 내게 소설에 대한 기대로만 관계유지가 되었다면 나는 오늘 어쩌면 이 글을 쓰지 못했을 것이라는 뜻이다. 내게 있어 이서하는 소설을 쓰는 후배이기 이전에 자주적 문예운동을 수행하는 아우로서의 의미를 더 크게 갖는 인물이었다. 그렇다. 이서하는 문학예술적 실천을 전공으로 하는 한 사람의 틀림없는 학생운동가였다. 아마 우리 나라 학생운동의 한 흐름을 대변하는 지역에서 자주적 문예운동의 분수령을 이루는 성과들이 나오는 시기에 그 한 담당자로서 활동히였던 것이다. 나는 오늘 이 글에서 중요한 점은 바로 이것이라고 생각한다.

아직 많은 사람들은 소위 '운동권 학생들'의 경직성에 대해서 필요 이상의 편견들을 가지고 있다. 그들의 이상과 또 현실에 대해서 매우 부당한 속단을 내리고 편협한 것으로 매도하는 잘못을 가지

고 있는 것이다. 특히 90년대 들어 형성된 '세계의 보수화' 분위기
는 대단히 파괴적인 것으로 젊은이들로 하여금 옳은 일에 대한 신
념을 버리지 않으면 안되는 것으로 생각하게 만들어 가고 있는 것
이다. 나는 바로 이러한 때에 꼭 나왔으면 싶은 책이 바로 이 책이
라고 본다. 이 책이 하나의 사회적 실천으로서 자기시대에 충실했
는가를 묻는 것으로 평가를 대신하고 싶은 것이다. 이 점을 상기해
두면서 이제 본격적인 책 이야기로 들어가자.

3

　많은 사람들이 이 글을 대하면서 처음 하게 되는 생각은 아마
이 글을 어떻게 불러야 하는가 하는 점일 것이다. 소설이라 부를
수도 없고, 그냥 수필집이라 부르기도 조금 뭐하고, 그렇다고 이야
기책이라 부를 수도 없는 탓이다. 출판사에서는 그냥 '여대생 작가
이서하의 이웃 이야기'라고만 부르기로 한 모양이고, 얼핏 보니 작
가는 스스로 생활글이라고 지칭해 두고 있는 것 같다. 까짓거 아무
렇게나 부르면 어떠랴.
　그러나 토마토를 과일로 분류하느냐 채소로 분류하느냐가 중요
할 때가 있듯이 경우에 따라서는 글의 성격을 밝혀 이름을 붙여
주는 일도 매우 필요해질 때가 있다. 이 글은 일단 장르의 고전적
인 분류에 의해 구별되어지는 시나 소설, 희곡은 아니다. 그러니
우선은 산문의 한 형태로 보는 것이 타당할 것이다. 산문에는 여러
종류가 있다. 이 여러 종류의 산문을 왜 굳이 문학적인 것으로 취

급하려 드는지부터 말해야 할 성싶다.

언젠가 김진경 시인으로부터, "나는 10여 년에 걸쳐서 쓴 네 권의 시집을 합한 것보다 훨씬 큰 역할을 한 권의 산문집이 해내는 것을 보았다. 내가 아는 많은 사람들에게 있어서 나는 『우리 시대의 예수』를 쓴 시인으로서보다 『스스로를 비둘기라고 믿는 까치에게』의 지은이로서의 의미를 더 많이 가지고 있는 것 같다"라는 말을 들은 적이 있다. 꽤 의미 있는 이야기인데 이는 우리에게 전통적인 문학장르로부터 소외되어 존재하는 또 하나의 문학에 대한 적극적인 검토를 재고할 필요를 제기한다. 이 때문에 여러 종류의 산문들이 우리에게 영향을 끼친 바와 더불어 그 내용과 형식들에 대해 우리는 충분히 검토해 볼 필요가 있는 것이다. 여기서는 본 산문집과의 관련 속에서 이야기 될 수 있는 최소한의 것들만을 살펴 보기로 한다.

역시 산문 중에 가장 먼저 떠올릴 수 있는 것은, 이 책의 지은이가 이야기하고 있는 '생활글'일 것이다. 생활글이란 나날의 삶을 이어가는 생활상의 필요에 의해 쓰여지는 것을 지칭하는 말이다. 글이 할 수 있는 다른 모든 기능에 우선하여, 좀 심하게는 전혀 문학적이어야 할 필요마저도 없이 오직 삶의 요구에 의해 쓰여지는 일기며 편지며 보고서며 하는 것들이 여기에 속하는 것이다. 이렇게 보면 이서하의 『머저리 연가』는 그 동기나 기능이 생활적이라기보다 문학적(순수예술적)이라는 점에서 엄격한 의미에서 생활글이라 볼 수가 없을 것이다. 우리에게 보여진 생활글의 최고 모범은 신영복 선생의 『감옥으로부터의 사색』이며 『김대중 옥중서신』이나 『김근태 옥중서한집』도 빼놓을 수 없을 것 같다.

산문의 종류로서 또 하나 들 수 있는 것은 대중교양을 위해 쓰여지는 교훈적인 글을 들 수 있을 것이다. 이것을 어떤 말로 불러야 좋을지 모르지만 하여튼 이러한 종류의 글은 생활글과 같은 실용적인 요구에 의해 쓰여지는 것은 아니지만 미적인 동기보다 계몽적인 동기에 의존한다는 점에서 순수예술장르들과는 구별된다. 얼마 전에 대학가에서 주로 읽힌 최성혁의『얼굴 찌푸리지 말아요』나 미리 언급해 둔 바 있는 김진경 선생의『스스로를 비둘기라고 믿는 까치에게』, 그리고 위기철의『노동자 이야기주머니』등은 여기에 속하는 훌륭한 성과물들이다.

그리고 오늘 주요하게 이야기할 대상이 되는, 바로 이『머저리연가』와 같은 유형의 산문이 있다. 이러한 글들은 생활을 이어가기 위한 실용적인 동기라거나 계몽적, 교양적 동기에 의해 쓰여지는 글들과는 달리 순수예술적 동기로써 쓰여진다. 장르상의 발전정도가 산문예술의 최고봉인 소설에는 아직 미치지 못하여 본격 창작문학이라 부르기에는 미흡하지만, 어떤 의미에서는 성장소설이나 보고문학 따위들보다 오히려 훨씬 더 문학적이어서 픽션과 논픽션을 가릴 필요가 없어지는 것이다. 그리하여 굳이, 작가가 그런 일을 겪은 것이 사실인가 하는 식의 질문을 해야 할 필요가 전혀 없는, 말하자면 그 자체로서 훌륭한 성격창조가 가능해지는 산문이 되는 것이다. 이러한 산문을 어떻게 분류해 두는 게 좋을까? 나는 이것을 예술산문으로 부르고 그 위치를 소설과 에세이의 경계선으로부터 소설 쪽으로 조금 옮겨 손바닥소설과 동류의 자리에 놓아 두고자 한다. 아마 올바른 평가를 위해서는 그렇게 해 두는 것이 더 타당할 것이다. 이제 잠시 이서하 이전에 있었던 예술산문의 사례를 찾아 보기로 하자.

우리가 예술산문의 모범으로 쉽게 생각할 수 있는 것은 70년대의 시대정신을 반영한 박완서의 『꼴찌에게 보내는 갈채』이다. 우리 사회가 전후의 절대적 빈곤으로부터 벗어나 산업화가 가속되면서 서울을 중심으로 신흥 기득권세력이 폭넓게 형성되는 시기에 이 글은 나온다. 서구의 시민에 가까운 중산층 이상의 이 신흥세력들은 그러나 사회의 주역으로 나서고자 하는 시민정신이나 민주주의적인 시민의식은 없는 상태에서 최소한의 물질적인 부를 확보했다는 것만으로 오만한 선자의식이나 이기주의를 드러내게 되는데 이는 땀흘려 일하는 다수의 선량한 빈자들에게 상당한 위화감으로 작용한다. 더구나 계층상승욕에 불타는 소시민들이 이들의 허위의식을 흉내냄으로써 여러 가지로 물의를 일으키기도 한다. 그리하여 사람들이 대책없이 각박하고 멋없고 또 편협한 물질만능주의로 흐르게 된다. 이러한 상황에서 민주주의적이고 건강한 시민정신을 가진 자들이 가져야 할 어떤 시대적인 가치관을 박완서는 명편의 산문들을 통해 집중적으로 제시해 낸다. 그리하여 앞의 어떤 시인처럼 자신이 그간에 쓴 소설들보다 훨씬 영향력 있는 기여를 미치는 것이다. 이것이 바로 『꼴찌에게 보내는 갈채』가 담아낸 내용이었다.

그러나 예술산문의 가장 큰 모범은 누가 뭐라 해도 역시 양귀자의 『지구를 색칠하는 페인트공』을 들어야 할 것이다. 이 글의 특성을 홍정선은 다음과 같이 말하고 있다.

여기 모은 글은 양귀자가 이미 우리 앞에 선보였던 연작소설 『원미동 사람들』에 이어지는, '원미동 사람들'의 살림살이에 대한 보다 더 정밀한 기록이다. 이 글들 속에서 작가는 한 편의 소설로 만들어지기 이전의 삶을 있는 그대로 보다 풋풋하게 드러낸다.

(중간 생략)

그래서 양귀자가 능숙하게 그려 보이는 이 밑그림의 세계에는 소설로서는 달성할 수 없었던, 소설 속에서는 아무리 노출하고 싶어도 참아야만 했던 감정과 이야기가 직접성을 띠고 흥미있게 펼쳐지고 있다.

(중간 생략)

소설과는 다르면서도 『원미동 사람들』에 이어지는 또 하나의 소설이라 부를 수 있는 양귀자의 이 같은 삶의 정밀한 이야기들은 소설이 아니면서도 소설보다 재미있다. 그리고 소설에서라면 건방지다는 느낌을 주었을 수도 있을, 삶에 대한 예지와 이해가 아주 흥미있게 전달되고 있다.

(홍정선, 「깊은 감동, 즐거운 반성」)

『지구를 색칠하는 페인트공』이 갖는 '소설 아닌 소설'로서의 특성을 매우 적절하게 지적하고 있다. '한 편의 소설로 만들어지기 이전의 삶을' 다루되 '소설 속에서는 아무리 노출하고 싶어도 참아야만 했던 감정과 이야기가 직접성을 띠고' 펼쳐진다는, 즉 서사 양식에 서정적인 요소가 가미되어 가볍고 단순한 이야기 얽음새로 심층적인 내용을 담을 수도 있다는 예술산문의 문학적 가능성이 암시되고 있는 것이다. 보다 수필에 가까운 박완서의 『꼴찌에게 보내는 갈채』보다 보다 소설에 가까운 양귀자의 『지구를 색칠하는 페인트공』을 통해서 우리는 더욱 쉽고 적나라하게 당대의 삶에 대한 작가들의 정신과 만난다. 그 정신과 만나되 목적의식성이 과잉되지 않고 현실에 대해 가파르지 않은, 따라서 교훈적이기보다 지

극히 예술적인 하나의 따뜻한 세계를 통하게 되는 것이다. 이리하여 양귀자의 산문이 우리에게 안겨주는 것은 유별나게 차갑지만도, 하냥 따뜻하지만도 않은, 그러나 엄정히 대중이 주인인 객관현실에 대한 실제 모습이다.

이서하의 『머저리 연가』도 기본적으로 이런 유형의 예술산문으로 봐야 한다. 마치 양귀자가 『원미동 사람들』의 연장선상에 선 작업으로서 『지구를 색칠하는 페인트공』을 썼듯이 그녀 역시 『오월대』의 보다 더 정밀한 내면풍경으로서 이 『머저리 연가』를 썼던 것이다. 이제 여기서 이것이 잘되었는가, 박완서의 예술산문이나 양귀자의 예술산문이 한 것과 같은 자기시대의 내용을 어떠한 방식으로 과연 성실하게 다루었는가 하는 문제를 생각해 볼 필요가 있을 것 같다.

4

『머저리 연가』는 '운동권'의 대명사처럼 생각되어 온 전대협의, 그 중에서도 과격하기로 소문났던 전남대학교 학생운동의 일 주체를 담당했던 사람들에 대한, 그리고 그 이웃들에 대한 생활 이야기이다. '나'라는 이름으로 여기 있는 모든 이야기들 속에 직접적으로 개입해 오는 작가(=이서하)의 생활보고와 심경술회를 통해 독자는 여기서 한국현대사가 낳은 참으로 역동적이었던 한 사회집단의 삶의 내용을 만나게 된다. 그것도 그 한복판에 들어 있는 노른자위와 만나는데 더한층 행복하게도 이 노른자위는 분칠되거나 포장되

226
해설

어 있지 않다. 이 산문들 속에 들어 있는 작가의 목소리가 가성에 의한 것인지 아닌지, 그 톤이 작위적인 것인지 아닌지는 누구라도 금방 알아볼 수 있게 되어 있다. 포착대상이 카메라를 전혀 의식할 수 없는 상태에서 찍혀지고 있기 때문이다. 하나마나 한 소리이지만 이 산문집 안에 들어 있는 모든 인물들은 실제 인물들이고 또 사건은 실제 사건들이다. 여기에서 그야말로 작가는 문학적 상상력을 동원하여 특별한 것들을 이야기하는 것이 아니라 그냥 일상적인 것들을 이야기하고 있을 뿐인 것이다.

이는 전혀 격앙될 필요없이 차분하게 지속되는 산문의 흐름들이 증거하는 문제이다. 그 일례로서 매 장면장면에서 성실하고 생동감 있게 묘사되는 형상들은 작가의 진정성에 대한 신뢰도를 비상하게 높여 준다. 아무도 이것이 거짓말일지도 모른다는 생각을 하지는 않을 것이다. 누구의 눈에도 명백하게 작가는 허위의식을 가지고 있지 않다. 허위의식은커녕 철저히 객관적이고도 솔직하려는 노력을 행간마다 빼곡히 채워 두고 있는 것이다. 그리하여 시종 한 치의 거짓도 없이 정직했을 때만이 얻어지는 알리바이의 완벽성이 확보된다. 바로 지금 곧장 우리의 눈앞에서 전개되고 있는 현실 그 자체인 듯이 느껴지는 그러한 이야기들을 통해 작가는 바로 우리가 물어본 바 없지만 궁금했던 것을 내보여 주는 것이다. 예를 들어 보자.

　　우리 동아리 수련회의 꽃은, 한밤에 모닥불을 사이에 두고 치르는 신입생 '작명식'이다. 작명식, 쉽게 말해 이름을 짓는 의식이다.
　"저는요, ××이라 했으면 좋겠어요. 그 뜻은……"

(중간 생략)

고아들도 아니고, 이름이 순자나 민자도 아닌데 새삼스레 무슨 작명식이 필요할까 싶기도 할 것이다. 사실 동아리에서 따로 부를 이름을 짓는 일은 실용적으로 보자면 지금은 별 쓸모가 없는 짓이다. 옛날 70, 80년대 선배들이 늘 감시와 수배에 시달리다 보니 보안의식에서 생겨난 것이 이 작명이라고 한다.

(중간 생략)

어쨌든 그렇게 해서 많은 이름들이 탄생했다. 최루탄, 박격포, 신나라, 유부남처럼 성까지 붙여서 재미있게 부르는 이름들이 있는가 하면, 그 사람을 특징적으로 말할 수 있는 성격들로 지은 이름들도 있다. 눕기만 하면 잔다고 자동인형 '자인이', 구르지 않아서 이끼낀 돌 '청석이', 꾀 잘 부리는 '꾀돌이', 따발따발 말 많은 '다발이', 눈이 도끼날 같아서 전라도 말로 '도치', 기똥찬 남자 '기찬이', 오목조목 이쁜 '오목이'…….

이런 이름들은 마치 별명처럼 쉽게 기억이 되어 사랑을 많이 받는다. 그 중에는 똘똘하다고 '똘이'라고 지었다가 가끔 떨떨한 행동을 하니까 '떨이'라고 부르게 된 친구도 있다. 그와 반대로 '강쇠'라고, 음담패설도 잘하고 명랑한 선배가 있는데, 사실 그 선배가 전에는 수줍음이 많고 늘 의기소침해서 반어적으로 그렇게 지었다고 한다. 그래서 선배들은 종종 강쇠 선배가 그렇게 씩씩해진 것은 순전히 이름 딕분이라고 놀리곤 힌다.

(중간 생략)

이름은 사람들과의 관계에서 어떤 약속이고 책임이 되기도 한다. 어떤 종류의 이름을 가졌건 우리는 한결같이 자작한, 혹은 친구들이 지어준 이 이름을 사랑한다. 그리고 그 이름들에 부끄

해설

럽지 않게 성실하고자 노력한다.

(「작명」 중에서)

이것이 학생운동을 하면서 사용할 가명을 짓는 장면이다. 흔히 마피아처럼 음지에서 자라는 비정상집단의 어두운 관습의 일례로 취급되어 온 이야기들이 사실은 이렇게 밝고 따뜻한 내용을 가지고 있었다는 것을 처음으로 아는 분들은 꽤 놀랄 것이다. 역사적 요구에 성실하고자 했던 대학생들의 많은 훌륭한 문화들이 그러나 폭력조직의 것보다도 훨씬 더 많이 음습하고 우울한 것인 양 도색되었던 사실은 참으로 안타까운 일이 아닐 수 없다. 마치 '113 수사본부'에서 나옴직한 검은색 선글라스의 사나이가 총질을 하고 독침을 가지고 다니며 머리에 뿔달린 도깨비들처럼 사람들을 괴롭히고 다니는 것으로 왜곡된 사실들의 실체를 이 산문은 밝히고 있는 것이다. 다음도 그러한 예이다.

참고로 말해 두자면 형의 입에서는 거의 '나'라는 말을 듣기 힘들다. 보통사람들이 쓰는 '나는 어쩌고', '내가 어쨌는데' 식의 말이 형에게서는 대부분 '우리'라는 말로 대체된다.
(중간 생략)
"선배, 메리 크리스마스"
그 소리에 남준이 형 정색을 하고 대뜸 하는 말,
"어허, 우리는 고롱고 안 해야, 우리는 보통 이렇게 하지. 동지 잘 샜냐?"

(「우리식」 중에서)

자라면서, 어떤 중요한 일을 만났을 때 중요한 몫을 해서 주위 사람들한테,

"아이고, 얘 없었으면 어쩔 뻔했냐? 큰일 했다."

하는 소리를 듣는 사람을 보면 몹시 부러웠다. 나도 그런 중요한 몫을 해서 그런 칭찬을 듣고 싶었다.

(중간 생략)

사실, 스스로 그런 말을 하기에는 내가 할 수 있는 일이 너무나 작아 부끄럽기도 하지만, 다른 많은 사람들이 이렇게 말하고 산다면 좀 덜 부끄러울 것 같다.

"내가 없었어 봐. 세상 굴러가는 것이 얼마나 팍팍하겠냐?"

(「내가 없었어 봐」 중에서)

이것이 전대협 학생들이 자주 말하는 그 악명높은(?) '주체성', '주체의식', '주체를 세운다는 것'들의 실체이다. 이 얼마나 크게 오해되었던 일들인가? 바로 이와 같은 식으로 이 산문집은 청년학생들의 동지애(「유진이 형의 그 꿈」), 반미감정(「또치 생각」), 이성관(「머저리 연가」), 내면의 풍경(「첫사랑」) 등을 다루고 있다. 그 내용의 정수가 흐르는 것은 학생운동을 하는 친구(바로 이 글의 지은이)가 사회 안에서 이웃들과 더불어 살아가는 모습을 제대로 보여 주는 「알고 보면 모두가 구면」, 「우리 집 유권자들」 등이다.

「우리 집 유권자들」은 바로 지난 대선을 통해 한 집안의 주권행사가 어떻게 이루어지는가를 보여 주는데 이미 이 과정을 통해 이번 선거에서 민주정부수립이 불가능해지는 이유 중의 하나가 비교적 적나라하게 그려진다. 할머니는 이번 선거에서는 제대로 투표를 하셨다지만 먼젓번 선거에서 오른쪽에서 셀 것을 왼쪽에서 세었던

230
해설

관계로 표를 잘못 찍은 경력이 있고, 아버지는 문중 종친회 때문에 민주의식을 포기하며, 아버지만 따르던 엄마는 모처럼 올바른 선택을 하지만 언니는 하나님을 믿기 때문에 어쩔 수 없이 여당으로 돌린다. 결국 이 집안은 여덟 명만이 제대로 된 투표를 하게 된다. 이 글에서 크게 주목해야 할 대목이 있다. 그것은 언니랑 전화통화를 했던 대목이다.

20분이나 통화를 하느라고 전화요금은 엄청 날렸지만, 정말이지 거기에 대고는 더 할 수 있는 말이 없었다.

(「우리 집 유권자들」 중에서)

나는 이 말에서 풍기는 뉘앙스가 중요하다고 생각한다. 비민주적인 여당 후보가 너무나 얄밉고 짜증나지만 교회 때문에 어쩔 수 없었다는 언니와 전화통화를 하고 나서 밝히는 이 소감을 통해 우리는 자신의 정의를 결코 강요하지 않고 애써 교양하려 드는 작가의 민주적인 자세를 엿보게 된다. 작가는 사람들 속에 스며들어 있을 뿐 모난 돌처럼 돌출되어 있지 않다. 이것이 바로 주체적인 인간들이 자기 이웃들과 더불어 살아가는 자세인데 그 진면목이 특히 돋보이는 이야기는 「알고 보면 모두가 구면」에서이다.

본의는 아니지만 며칠을 종일 같이 보내면서 그 여학생이 나와 같은 시험을 준비하고 있다는 것을 짐작하게 되었다. 그것을 확신하는 순간, 나는 어떻게든 그녀와 이야기를 나누고 싶었다. 이 낯설은 공간 안에서 목적이 같은 사람이 옆에 있다는 것만으로도 공연히 위안이 되고, 경쟁의식보다는 동류감이 느껴졌으니까.

내가 보는 책들을 일부러 옆에 쌓아 두기도 하고, 그 여학생
도 가끔 그것들을 힐끔거리는 눈치였으니까 모르지는 않았을 것
이다. 그런데도 우리는 시험을 보기 전날까지 단 한마디도, 하다
못해 눈인사도 나눈 적이 없었다.

(중간 생략)

사람들이 북적대는 시험장에서도 나는 그녀를 발견했다. 시험
잘 보세요라는 한마디를 꼭 하고 싶었지만 망설이다가 말았다.

(「알고 보면 모두가 구면」 중에서)

바로 이렇게 같은 시대에 같은 공간을 나누고 살면서 담을 쌓고
살아야 하는 현실을 그녀가 얼마나 갑갑해 하고 또 그 벽을 무너
뜨리기 위해 어떤 생각들을 해보는가를 이 산문은 보여 주고 있
다. 그리하여 그 노력의 일부로서 표출되는, 너무나 생동하여 꼭
내가 지금 당장에 겪고 있는 듯한 현실감을 주는 '노원역 기사 아
저씨 사건'이나 '목욕탕 사건' 등은 70년대에는 박완서를 통하고,
80년대에는 양귀자를 통해 보아 왔던 이야기를 이제 90년대에 이
서하에게서 보는 것 같은 느낌을 준다. 광범한 대중이 사회정치적
으로 각성된 시대에 새로운 공동체 형성을 도모해 가는 90년대형
의 자아를 보는 것이다. 사회 진보에 대한 과학적인 인식과 치열한
실천의 경험을 간직하고 있으면서도 이렇게 풍요로운 인간미와 따
뜻한 꿈을 가진 자아가 예전의 문학작품들 속에도 있었을까?

이러한 실천적인 자아가 얼마만큼 새로운 시대를 만들어 내느냐
하는 문제는 물론 별개의 문제이다. 90년대 전반기의 상황은 일단
이런 자아들에게 시련과 좌절을 안겨 주면서 전개되고 있다. 그 여

파로서 보수적인 도전이 거세어지고 빙산의 일각에 불과한 진보의 단점들이 낱낱이 확대 크로즈업되어 공격을 받기도 한다. 그렇더라도 진실은 끝까지 진실일 것이다. 바로 지금 이 순간에도 끊임없이 훼손당하고 있는 진실을 위하여 이 산문들은 복무할 것이다. 박완서의 산문이 진보에 희망의 빛이 감도는 해뜰녘의 시대에 읽히고, 양귀자의 산문이 진보의 함성이 하늘을 덮은 대낮의 시대에 읽혔다면, 이서하의 산문은 그때보다 훨씬 발전해 있기는 하나 시시각각 어둠이 덮쳐 오는 해질녘의 시대에 읽히리라는 이야기이다. 시대적으로 많이 불리하지만 그만큼 사명도 명백하고 좋은 반응을 얻을 경우 역사에 기여할 여지도 큰 셈이다. 내 생각에 『머저리 연가』는 이러한 때의 몫을 할 자격을 확보하고 있다. 여기에 이 산문집이 갖는 사회적 의의가 있다고 본다.

5

　　나의 사정이 원고를 시작할 때와 크게 달라져 도중에 꽤 긴 시간을 다른 곳에 허비해야 했다. 출판사에서 청탁받을 때 지면을 많이 위촉받았으므로 처음에는 여러 각도의 이야기를 할 생각을 했었다. 결과적으로 안 한 것은 아니지만 용두사미격으로 다소 끝을 흐려놓고 말았다. 음악적으로 감미로운 이서하의 산문을 읽으며 평소 좋아하던 노랫가락을 만난 것처럼 그 선율을 따라 오래오래 추억에 잠겼다. 물론 앞에서 내가 '한국현대사가 절정에 달했던 때'라고 표현한 그 따뜻한 봄날에 대한 추억이었다. 이 추억 속에는 내가 아직까지 읽은 모든 문학작품의 총량보다 몇십, 몇백, 몇천에 이르는 감동이 고스란하게 들어 있는 것이 사실이다. 이 산문이 다루어 준 내용은 그 많은 이야기의 서곡 중 어느 한 소절을 구성하는 음소 하나쯤이나 된다고 볼 수 있을까? 그만큼 우리의 80년대가 크며 또한 그것들에 대한 실감이 우리들의 가슴에 많이 들어 있다고 볼 수 있을 것이다. 이것을 개인만 간직하고 마는 사람도 있고 사회에 환원시켜 내는 사람도 있다. 문학을 하는 행위는 우리들이 세상을 살면서 갖게 되는 어떤 피치 못할 정신들을 사회와 역사에 되돌려 놓는 행위일 것이다.

　글을 끝맺으면서 문학을 하고 싶은, 그러나 아직 하지 못하고 있는 많은 사람들에게 바로 이런 의미에서 또 다른 『머저리 연가』를 권해 보고자 한다. 느닷없이 그 분들에게 해 두면 좋을 것 같은 생각이 하나 떠올라서 해 두는 말이다. 역시 이서하의 장점에 대한 것인데, 글을 다 읽고 나서 나는 문득, 문학을 하는 행위자가 가져야 할 '행위의 대상에 대한 공인다운 태도'가 어쩌면 이 산문집을 존재하게 했는지도 모른다는 생각을 하게 되었다. 구체적으로 예를 들면 바로 다음과 같은 장면을 읽으면서였다.

　　내가 왜 이 얼굴을 못 알아봤을까 싶게 선해 보이는 아줌마였다. 우리는 눈으로 좋다는 표시를 주고받고 바로 작업(?)에 들어갔다.
　(중간 생략)
　"저기, 때가 많이 나오죠?"
　"예? 예예…… 아, 아니요."
　"때아니게 생리를 하는 바람에 지난 주를 건너뛰었더니……

234
해설

평일에는 못 오고…… 직장에 나가거든요.”

아줌마의 등에 비누칠을 하고 있던 나는 나도 모르게 푸욱 하고 웃었다. 별걸 다 말씀하시네. 한 번 보고 말 사람인데……

(「알고 보면 모두가 구면」 중에서)

다른 사람들의 글에서는(문학에 목매달지 않은 사람들이나 그 성취도가 낮은 사람들의 글에서는) 잘 못 보던 표현이 바로 이런 것들이다. 글쓰기에 미숙한 사람들은 흔히 ‘작업(?)’에 대한 것이며, ‘생리’에 대한 것이며, 이런 것들을 평소에 발견치 못하고 산다기보다 수없이 마주치면서도 스스로를 속박하여 감히 표현할 엄두를 못 내고 산다. 바짓가랑이를 절대로 안 적시고 물고기를 잡으려 하는 격이라고나 할까?

끝으로 이서하가 정성껏 장만한 이 책이 많은 사람들에게 읽히고 또 읽히는 쪽쪽 보탬이 되기를 빈다.

머저리 연가

처음 펴낸날·1993년 3월 10일
두번 펴낸날·1993년 6월 10일
지은이·이서하/펴낸이·송영현/펴낸곳·살림터
주소·121-110 서울시 마포구 신수동 36-3
전화·716-6834~5 / 팩스·718-6979
등록번호·제 2-1008호 (1990년 5월 15일)

값 6,000원

ⓒ 이서하, 1993

※ 잘못된 책은 바꾸어 드립니다
ISBN 89-85321-06-4 03810